独学日本語 系列

本書內容：初級程度

圖表式日語助詞

李宜蓉 編著
芦原賢 審閱

掌握助詞，日語構句輕鬆學！

1. 樹狀圖清晰條列助詞用法，幫助系統性學習。
2. 表格式完整分析實用例句，簡易解構日語語序。
3. 圖像式呈現類義助詞使用的異同，強化學習記憶。
4. 練習題精心規劃新日檢 N4、N5 模擬試題，有效檢視學習成效。

三民書局

作者序

鑒於筆者二十多年的教學經驗，發現日文的學習除了動詞變化之外，助詞往往也是學習者深感困難的一環，而且在日語能力試驗中也獨立為一項考題，可見其於日文學習上的重要性。本書是為學習日文助詞的入門指導書，旨在建立學習者對助詞使用的基本概念與學會助詞的運用，因此書中儘量避免使用艱澀難記的文法專門用語，並以簡單易懂的圖表方式呈現以供學習者參考，希望能讓更多日文的初級學習者了解助詞的運用，以奠定良好的日文助詞基礎。本書將由淺入深介紹助詞的用法，先建立好學習者對助詞運用的基礎與實力後，再對比分析類義助詞的用法。

本書融入筆者二十餘年的教學經驗，以簡明的解說方式加以編寫。筆者在編寫本書過程中，曾多次調查詢問學習日文的學生們意見，故本書的編排是為使用者的需求而設計，期能藉由清晰的內容架構與簡明的解說方式，來提高閱讀時的學習效果，筆者謹予誠心推薦。

值此再版前夕，特再感謝三民書局的支持與鼓勵，讓本書得以付梓。此外，筆者從事日語教育多年，此書籍內容雖勉力為之，惟學力有限，若有疏漏，尚祈讀者先進不吝指正，俾再作補充與改進。

李宜蓉

使用說明

全書分為「淺談助詞」、「基礎篇」、「比較篇」三大章節，從助詞的基本概念、類型開始介紹，延伸解析初級日語的 45 個基礎助詞，再搭配圖像比較類義助詞，並輔以大量的練習，有助於系統性學習日語助詞。

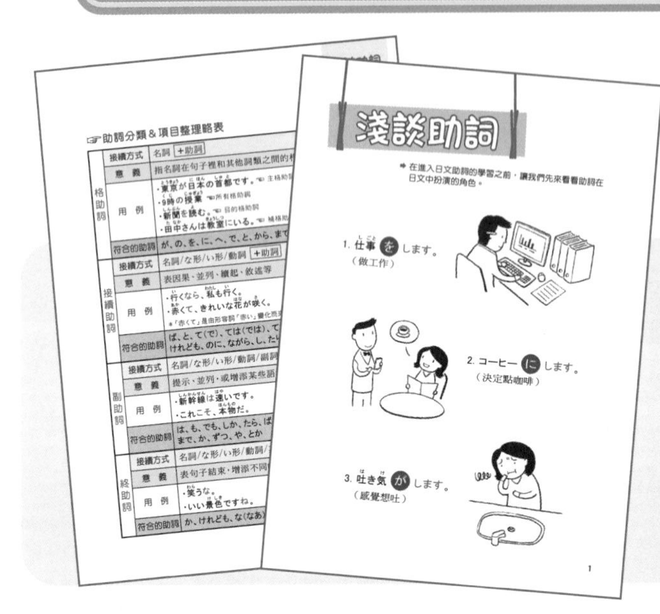

☞助詞分類 & 項目整理略表

格助詞	接續方式	名詞 ＋助詞
	意義	指名詞在句子裡和其他詞類之間的
	用例	・東京が日本の首都です。☜主格助詞 ・9時の授業 ☜所有格助詞 ・新聞を読む。☜目的格助詞 ・田中さんは教室にいる。☜補格助
	符合的助詞	が、の、を、に、へ、で、と、から、まで
接續助詞	接續方式	名詞/な形/い形/動詞 ＋助詞
	意義	表因果、並列、續起、敘述等
	用例	・行くなら、私も行く。 ・赤くて、きれいな花が咲く。 ＊「赤くて」是由形容詞「赤い」變化而
	符合的助詞	ば、と、て(で)、ては(では)、て けれども、のに、ながら、し、た
副助詞	接續方式	名詞/な形/い形/動詞/副詞
	意義	提示、並列、或增添某些語
	用例	・新幹線は速いです。 ・これこそ、本物だ。
	符合的助詞	は、も、でも、しか、たら、ば まで、か、ずつ、や、とか
終助詞	接續方式	名詞/な形/い形/動詞/
	意義	表句子結束、增添不同
	用例	・笑うな。 ・いい景色ですね。
	符合的助詞	か、けれども、な(なあ)

淺談助詞

➡ 在進入日文助詞的學習之前，讓我們先來看看助詞在日文中扮演的角色。

1. 仕事 を します。（做工作）

2. コーヒー に します。（決定點咖啡）

3. 吐き気 が します。（感覺想吐）

1

step1

淺談助詞：認識四大類助詞

藉由圖表迅速瞭解句型結構、助詞的基礎概念，認識格助詞、接續助詞、副助詞、終助詞，完全掌握這四大類型助詞的文法規則、意義與用法。

step2

基礎篇：深入學習基礎助詞

以樹狀圖統整各類型助詞的用法，並運用表格解析生活實用例句，理解句型結構，深入學習助詞的接續方式、慣用句型、核心意義與使用時機。一次學會初級日語必學的 45 個基礎助詞。

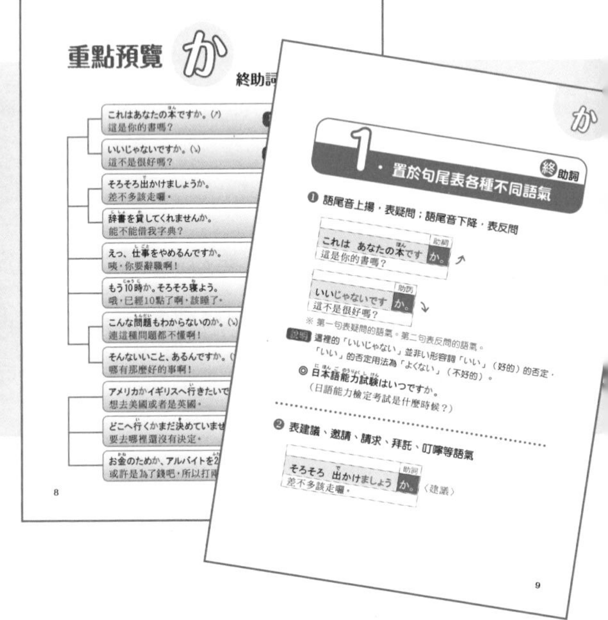

重點預覽 か 終助詞

これはあなたの本ですか。(↗) 這是你的書嗎？

いいじゃないですか。(↘) 這不是很好嗎？

そろそろ出かけましょうか。 差不多該走囉。

辞書を貸してくれませんか。 能不能借我字典？

えっ、仕事をやめるんですか。 噢，你要辭職啊！

もう10時か。そろそろ寝よう。 哦，已經10點了啊，該睡了。

こんな問題もわからないのか。(↘) 連這種問題都不懂啊！

そんないいこと、あるんですか。 哪有那麼好的事啊！

アメリカかイギリスへ行きたいで 想去美國或者是英國。

どこへ行くかまだ決めていませ 要去哪裡還沒有決定。

お金のためか、アルバイトを2 或許是為了錢吧，所以打

8

か

1．置於句尾表各種不同語氣　終助詞

❶ 語尾音上揚，表疑問；語尾音下降，表反問

これは あなたの本です か。↗ 這是你的書嗎？

いいじゃないです か。↘ 這不是很好嗎？

※ 第一句表疑問的語氣，第二句表反問的語氣。

說明 這裡的「いいじゃない」並非い形容詞「いい」（好的）的否定，「いい」的否定用法為「よくない」（不好的）。

◎ 日本語能力試験はいつですか。（日語能力檢定考試是什麼時候？）

❷ 表建議、邀請、請求、拜託、叮嚀等語氣

そろそろ 出かけましょう か。（建議） 差不多該走囉。

9

step3
比較篇：釐清類義助詞

運用相似句構的生活化例句比較類義助詞的用法，搭配圖像呈現助詞的核心概念，透過情境直覺式理解文法觀念，清楚區分助詞差異，輕鬆記憶文法規則。

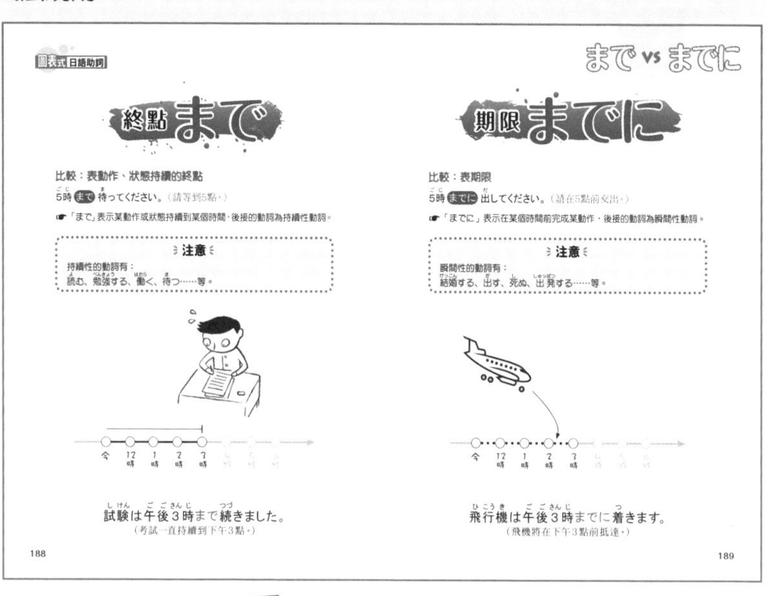
圖表式日語助詞

まで vs までに

終點 まで

比較：表動作、狀態持續的終點

5時まで待ってください。（請等到5點。）

☛「まで」表示某動作或狀態持續到某個時間，後接的動詞為持續性動詞。

注意

持續性的動詞有：

読む、勉強する、働く、待つ……等。

今　12時　1時　2時　3時

試験は午後３時まで続きました。

（考試一直持續到下午3點。）

188

期限 までに

比較：表期限

5時までに出してください。（請在5點前交出。）

☛「までに」表示在某個時間前完成某動作，後接的動詞為瞬間性動詞。

注意

瞬間性的動詞有：

結婚する、出す、死ぬ、出発する……等。

今　12時　1時　2時　3時

飛行機は午後３時までに着きます。

（飛機將在下午3點前抵達。）

189

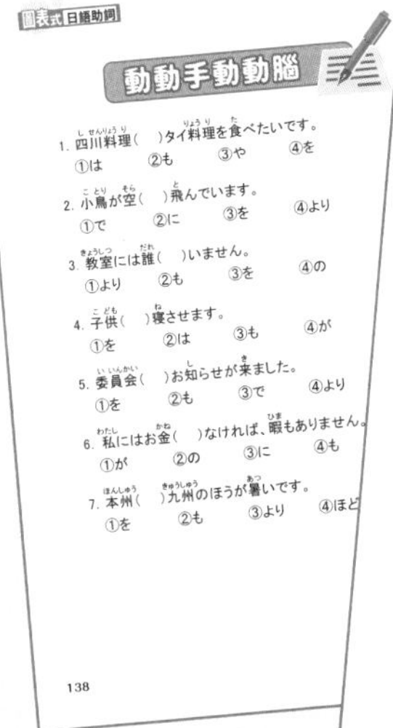
圖表式日語助詞

動動手動動腦

1. 四川料理（　）タイ料理を食べたいです。
①は　②も　③や　④を

2. 小鳥が空（　）飛んでいます。
①で　②に　③を　④より

3. 教室には誰（　）いません。
①より　②も　③を　④の

4. 子供（　）寝させます。
①を　②は　③も　④が

5. 委員会（　）お知らせが来ました。
①を　②も　③で　④より

6. 私にはお金（　）なければ、暇もありません。
①が　②の　③に　④も

7. 本州（　）九州のほうが暑いです。
①を　②も　③より　④ほど

138

第一回總測驗（共45題）

1. ほら、ここに書いてあるではない（　）。
①ね　②か　③な　④が

2. 私（　）好きな果物はすいかです。
①へ　②も　③に　④が

3. あと一時間（　）で仕事が終わると思います。
①も　②が　③に　④くらい

4. 昼（　）雨が降り続きます。
①へ　②は　③で　④から

5. ほめた（　）、しかった（　）、いろいろやってみましたが、だめでした。
①ら/ら　②り/り　③て/て　④×/×

6. 彼の病気は少し（　）よくなってきました。
①に　②で　③ずつ　④も

7. 小川さんは体の調子（　）悪いです。
①か　②で　③に　④が

8. パスポートはどこに置いた（　）、覚えていません。
①へ　②で　③か　④も

9. あしたできる（　）会議に出席します。
①ずつ　②だけ　③で　④が

139

step4
練習題：動動手動動腦

豐富的單元練習題與總複習測驗，比照新制日檢 N4、N5 測驗題型，能立即驗收學習成果，同時累積應考實力。

圖表式 日語助詞 目次

比較篇 165

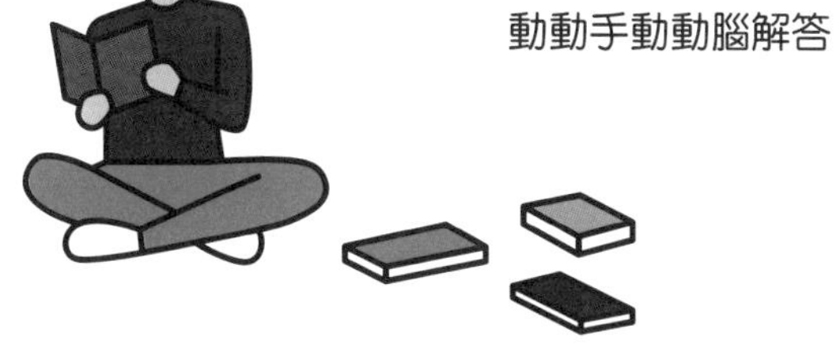

淺談助詞

➡ 在進入日文助詞的學習之前，讓我們先來看看助詞在日文中扮演的角色。

1. 仕事（しごと）を します。
（做工作）

2. コーヒー に します。
（決定點咖啡）

3. 吐き気（はけ）が します。
（感覺想吐）

前面例句中的「を、に、が」等就是日文的「助詞」。當「します」這個動詞前接不同的助詞時，動詞「します」意義就改變了。例如：「～をします」意思是「做～」、「～にします」意思是「決定～」、「～がします」意思是「感覺～」。

♥ 心得 ♥

雖然上列三個句子裡的動詞都是「します」，但當前方出現不一樣的助詞時，動詞「します」意義就不同，動詞的意思也會跟著改變。

助詞的基本概念

❶ 助詞是沒有變化的詞類。

❷ 助詞就像是各種字彙、句子與句子之間的接著劑一樣，當助詞改變時，動詞的意思也隨之改變。

由此可了解「助詞」在日文句中具有相當重要的影響力。

因此，熟悉助詞的用法是學習好日文的必備條件。

日語助詞主要有四種類型：

格助詞　**接**續助詞　**副**助詞　**終**助詞

格助詞的作用是：

標示名詞在句子裡和其他詞類之間的相互關係。

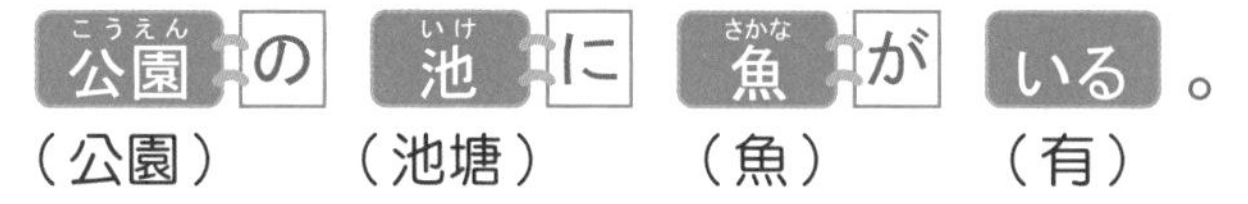

➡ 在公園的池塘裡有魚。

接續助詞的作用是：

表示句子成分之間的因果、並列、續起、敘述等關係。

外（そと）は雨（あめ）だ から 犬（いぬ）の散歩（さんぽ）はしない 。

（外頭在下雨）　（不去遛狗了）

➡ 因為外頭在下雨所以不去遛狗了。

副助詞的作用是：

提示、並列或增添某些語氣。

私（わたし）だけ 知（し）らなかった。
（我） （不知道）

➡ 只有我不知道。

終助詞的作用是：

表句子結束，增添不同的語氣或語意。

いいえ、私（わたし）も知（し）らなかった よ。
（不，我也不知道）

➡ 不，我也不知道喲。

認識基本的文法用語

體言：名詞、代名詞、數詞。
用言：動詞、形容詞（い形）、形容動詞（な形）。
主語：即句子的主體（主詞）。
述語：作用在敘述主語的性質、狀態、或動作等。
補語：作用在補充述語內容意義。

☞助詞分類＆項目整理略表

分類	項目	內容
格助詞	接續方式	名詞 ＋助詞
	意　義	指名詞在句子裡和其他詞類之間的相互關係
	用　例	・事故が起きました。☜主格助詞 ・9時の授業 ☜所有格助詞 ・新聞を読む。☜目的格助詞 ・田中さんは教室にいる。☜補格助詞
	符合的助詞	が、の、を、に、へ、で、と、から、まで、より
接續助詞	接續方式	名詞/な形/い形/動詞 ＋助詞
	意　義	表因果、並列、續起、敘述等
	用　例	・行くなら、私も行く。 ・赤くて、きれいな花が咲く。 ＊「赤くて」是由形容詞「赤い」變化而來
	符合的助詞	ば、と、て(で)、ては(では)、ても(でも)、から、ので、が、けれども、のに、ながら、し、たり(だり)
副助詞	接續方式	名詞/な形/い形/動詞/副詞 ＋助詞
	意　義	提示、並列，或增添某些語氣
	用　例	・新幹線は速いです。 ・これこそ、本物だ。
	符合的助詞	は、も、でも、しか、たら、ばかり、だけ、くらい、ほど、など、まで、か、ずつ、や、とか
終助詞	接續方式	名詞/な形/い形/動詞/其他詞 ＋助詞　＊位於句尾
	意　義	表句子結束，增添不同的語氣或語意
	用　例	・笑うな。 ・いい景色ですね。
	符合的助詞	か、けれども、な(なあ)、ね(ねえ)、の、よ、わ

基礎篇

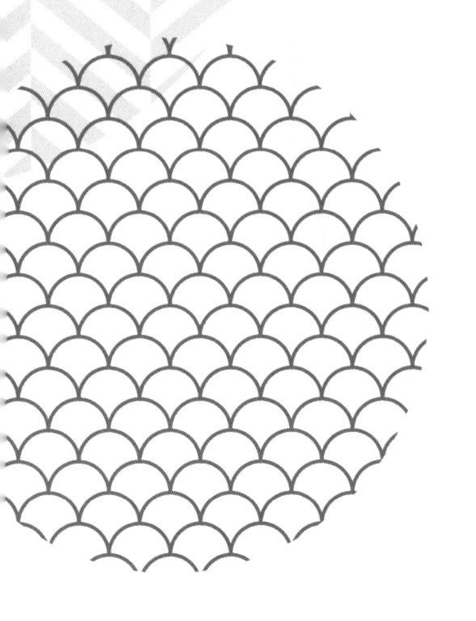

依五十音順排列，
並以新日檢 N4、N5 級 ──
亦即初級學習者必須會的為主，
整理 45 個助詞。

重點預覽  終助詞、副助詞

これはあなたの本ですか。
這是你的書嗎？
疑問

いいじゃないですか。
這不是很好嗎？
反問

そろそろ出かけましょうか。
差不多該走囉。
建議

辞書を貸してくれませんか。
能不能借我字典？
拜託

えっ、仕事をやめるんですか。
咦，你要辭職啊！
感意外

もう10時か。そろそろ寝よう。
哦，已經10點了啊，該睡了。
自問自答

こんな問題もわからないのか。
連這種問題都不懂啊！
責備

そんないいこと、あるんですか。
哪有那麼好的事啊！
反話

アメリカかイギリスへ行きたいです。
想去美國或者是英國。
兩者選其一

どこへ行くかまだ決めていません。
要去哪裡還沒有決定。
不確定

お金のためか、アルバイトを2つしています。
或許是為了錢吧，所以打兩份工。
推測

・置於句尾表各種不同語氣

❶ 語尾音上揚，表疑問；語尾音下降，表反問

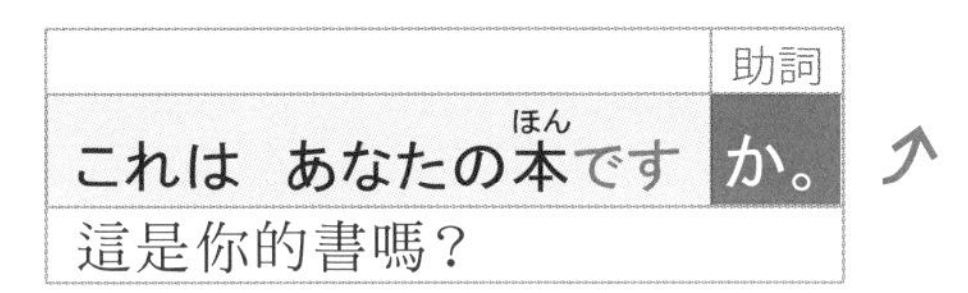

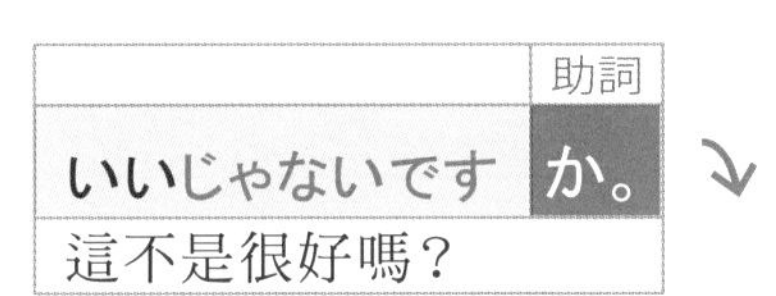

※ 第一句表疑問的語氣。第二句表反問的語氣。

說明 這裡的「いいじゃない」並非い形容詞「いい」（好的）的否定，「いい」的否定用法為「よくない」（不好的）。

◎ 日本語能力試験（にほんごのうりょくしけん）はいつですか。
（日語能力檢定考試是什麼時候？）

---

❷ 表建議、邀請、請求、拜託、叮嚀等語氣

〈建議〉

	助詞
辞書(じしょ)を貸(か)してくれません	か。
能不能借我字典？	

〈拜託〉

◎ いっしょに行(い)きませんか。〈邀請〉
（不一起去嗎？）

◎ いいですか、きれいに書(か)いてくださいよ。〈叮嚀〉
（聽好喔，請寫好看一點喲。）

❸ 表意外或感嘆等的語氣

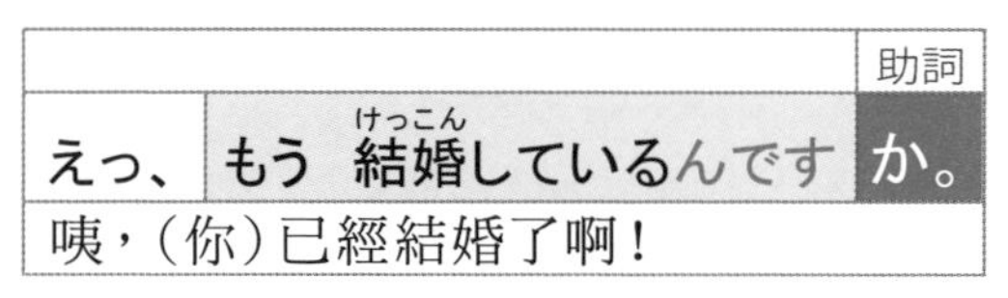

		助詞
えっ、	もう　結婚(けっこん)しているんです	か。
咦，（你）已經結婚了啊！		

※「～んです」是表強調的語氣。

說明 日文表示婚姻狀態的話要說「結婚している」（結婚了）。

◎ えっ、仕事(しごと)をやめるんですか。（咦，你要辭職啊！）

❹ 用於自言自語或自問自答時

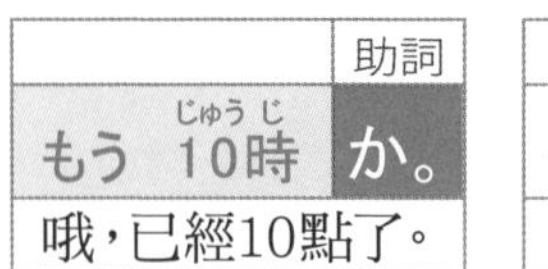

	助詞
もう　10時(じゅうじ)	か。
哦，已經10點了。	

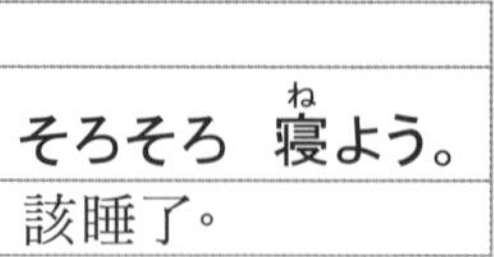

そろそろ　寝(ね)よう。
該睡了。

◎ ああ、もう秋(あき)か。（哦，已經是秋天啦。）

◎ ああ、そうか。（啊，原來如此。）

---

❺ 表責備、反話（語尾音下降）

	助詞
こんな問題(もんだい)も　わからないの	か。
連這種問題都不懂啊！	

↘〈責備〉

※ 句中的「の」屬於強調語氣的用法。

◎ 每晩(まいばん)遅(おそ)くまでネットゲームをやってはだめじゃないか。
（不是說不行每晚玩網路遊戲到那麼晚嗎！）

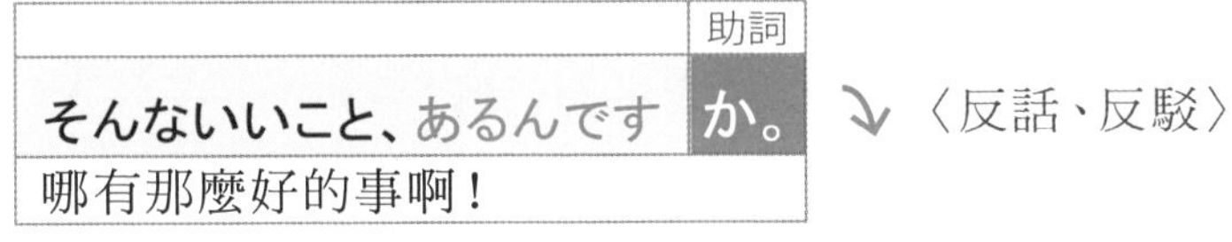

	助詞
そんないいこと、あるんです	か。
哪有那麼好的事啊！	

↘〈反話、反駁〉

※ 句中的「ん」是「の」的音便。

2・表不確定

副助詞

❶ 從兩者選其一

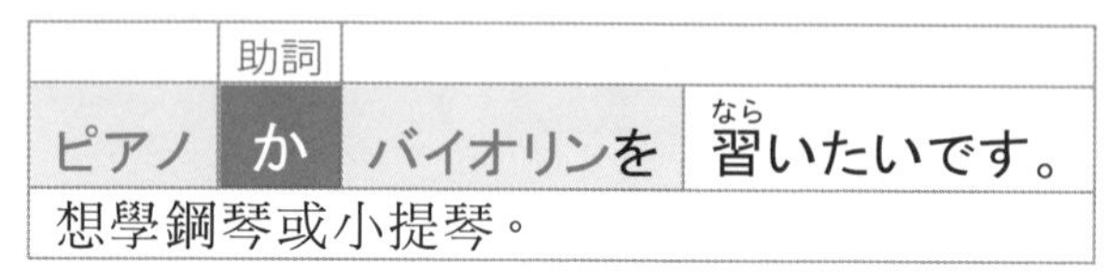

	助詞		
ピアノ	か	バイオリンを	習(なら)いたいです。
想學鋼琴或小提琴。			

※ 句中的「ピアノ」和「バイオリン」為選擇的東西。

◎ アメリカかイギリスへ行(い)きたいです。（想去美國或英國。）

◎ 試験(しけん)は来週(らいしゅう)の火曜日(かようび)か水曜日(すいようび)にします。
（考試在下週的星期二或星期三舉行。）

❷ 置於疑問詞後或疑問詞疑問句中，表不確定的內容

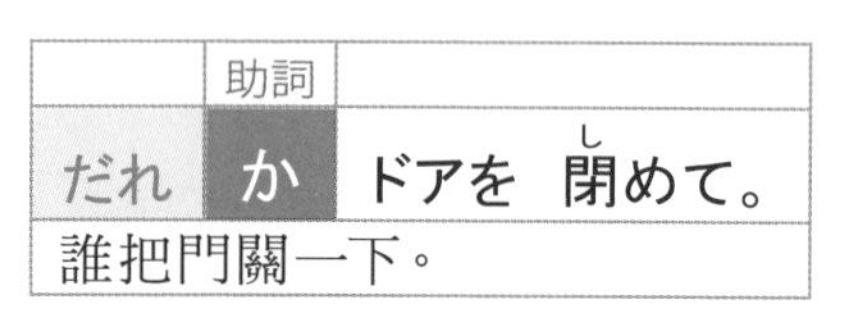

	助詞		
だれ	か	ドアを	閉(し)めて。
誰把門關一下。			

※ 「誰」是不確定的內容，所以於其後接「か」表不確定的語氣。

◎ A:「何(なに)か飲(の)み物(もの)が欲(ほ)しいですか。」（想要什麼飲料嗎？）
B:「そうですね。ビールをお願(ねが)いします。」
（嗯……麻煩給我啤酒。）

	助詞	
山田(やまだ)さんは　何時(なんじ)に　来(く)る	か	聞(き)いてください。
請問問看山田先生幾點會來。		

※ 含疑問詞的疑問句置於句中時，句型為「疑問詞～か」，「か」要前接「常體形（普通形）」。

說明 但是名詞、な形的現在式常體形（普通形）「名詞－だ」、「な形－だ」，要去掉「だ」。　例：暇(ひま)だ ➡ 暇(ひま)か

◎ 初(はじ)めて行(い)ったのは誰(だれ)か、調(しら)べてください。
（請調查第一次去的人是誰。）

◎ 何人(なんにん)が出席(しゅっせき)するか、わかりません。（不清楚幾個人要出席。）

◎ どうして行(い)かないのか、聞(き)いてみましょう。
（問問看為何不去。）

❸ 表懷疑的推測「也許是、可能是」

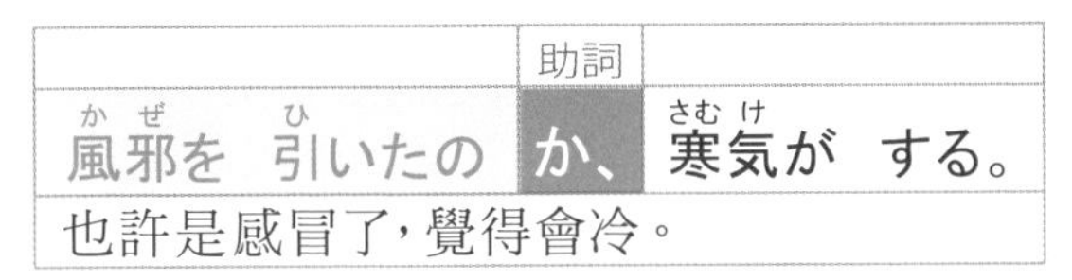

	助詞	
風邪(かぜ)を　引(ひ)いたの	か、	寒気(さむけ)が　する。
也許是感冒了，覺得會冷。		

※ 此處是表懷疑是否感冒了，所以加「か」表推測。「の」在這裡是表對原因、理由的推斷。

◎ 彼(かれ)は忙(いそが)しいのか、この二(に)、三日(さんにち)見(み)ませんね。
（他可能是太忙吧，這兩三天都沒見到。）

◎ お金(かね)のためか、アルバイトを2(ふた)つしています。
（或許是為了錢所以打兩份工。）

重點預覽  格助詞、接續助詞、終助詞

- ねこがいます。 有貓。 **存在主詞**
- 事故が起きました。 發生車禍。 **現象主詞**
- 象は鼻が長いです。 大象鼻子長。 **小主詞**
- 母が作ったケーキはおいしいです。 媽媽做的蛋糕很好吃。 **名詞修飾節主詞**
- どれが中村さんのかばんですか。 哪一個是中村先生的包包？ **疑問詞＋が**
- 車の運転ができます。 會開車。 **能力的對象**
- 田中さんは車があります。 田中先生有車。 **所有的對象**
- 日本語の勉強が好きです。 我喜歡學習日語。 **心理的對象**
- ここから富士山が見えます。 從這裡看得見富士山。 **感覺的對象**
- この靴は高いですが、履きにくいです。 這雙鞋很貴，但是不好穿。 **逆接**
- あのう、すみませんが、新宿駅はどこですか。 嗯，抱歉，請問新宿車站在哪裡？ **開場白**
- すみません、よく聞こえないんですが。 抱歉，我聽不清楚……。 **委婉的語氣**

1・表示主詞

格助詞

❶ 敘述事物存在或現象發生的主詞

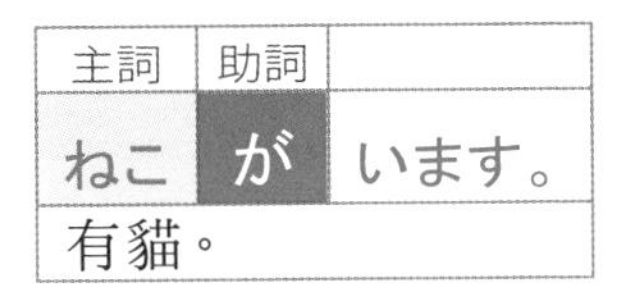

主詞	助詞	
ねこ	が	います。
有貓。		

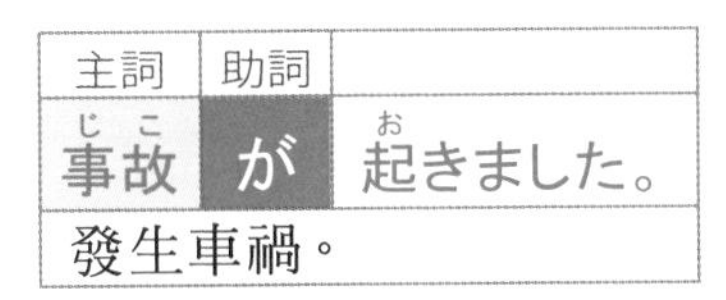

主詞	助詞	
事故(じこ)	が	起(お)きました。
發生車禍。		

◎ 花(はな)が咲(さ)きました。（花開了。）

◎ 血(ち)が出(で)ました。（血流出來了。）

◎ 高(たか)い山(やま)が聳(そび)えています。（高山聳立著。）

說明 表主體本身自發性的行為、動作，或自身狀態的動詞，即為自動詞。另可參考本系列《口訣式日語動詞》p.164

➡ 子供(こども)が泣(な)きました。（小孩哭了。）　〈自發行為〉

➡ お湯(ゆ)が沸(わ)きました。（熱水滾了。）　〈自身狀態〉

❷ 表示述語動作或狀態的直接主體（小主詞）

大主詞	助詞	小主詞	助詞	述語
象(ぞう)	は	鼻(はな)	が	長(なが)いです。
大象鼻子長。				

※ 上句主要在敘述大象的事情，整句的主詞是「象」，一般稱之為大主詞，用助詞「は」表示。「鼻が長いです」是說明大象的特徵。其中「長いです」說明「鼻」的狀態，所以「鼻」是述語的直接主詞，一般稱小主詞，用助詞「が」表示。

◎ 橋本(はしもと)さんは体(からだ)が丈夫(じょうぶ)です。（橋本先生身體很強壯。）

◎ 日本(にほん)は山(やま)が多(おお)いです。（日本山很多。）

❸ 表示名詞修飾節的主詞

名詞修飾節			助詞	述語
主詞	助詞			
母(はは)	が	作(つく)ったケーキ	は	おいしいです。
媽媽做的蛋糕很好吃。				

主詞	助詞	名詞修飾節		
		主詞	助詞	述語
これ	は	鈴木(すずき)さん	が	書(か)いた日記(にっき)です。
這是鈴木先生寫的日記。				

說明 名詞修飾又稱連體修飾，意指各種詞類修飾名詞的用法。

- ➡ 名詞：名詞＋の＋名詞　　例：会社(かいしゃ)の人(ひと)　（公司的人）
- ➡ い形：～い＋名詞　　例：背(せ)が高(たか)い人(ひと)　（長得高的人）
- ➡ な形：～な＋名詞　　例：好(す)きな人(ひと)　（喜歡的人）
- ➡ 動詞：常體形（普通形）＋名詞　　例：お茶(ちゃ)を飲(の)む人(ひと)（喝茶的人）

註 名詞修飾節中主詞的助詞要用「が」。因為名詞修飾節形成了一個名詞，所以此時的「が」也可以被「の」取代。

- ➡ 雨(あめ)が降(ふ)る日(ひ)＝雨(あめ)の降(ふ)る日(ひ)（下雨天）

---

❹ 疑問詞後面的助詞要使用「が」

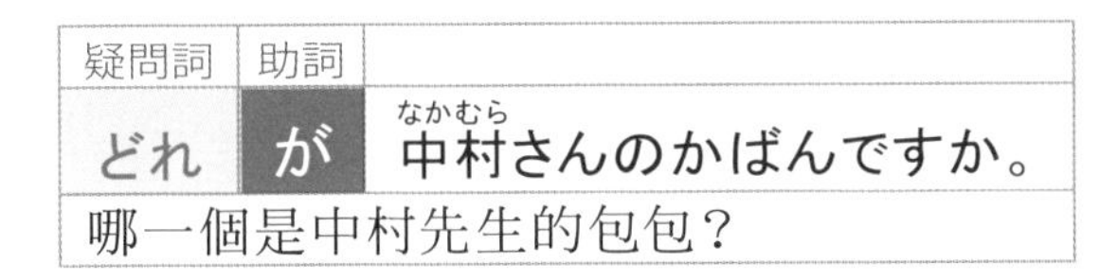

疑問詞	助詞	
どれ	が	中村(なかむら)さんのかばんですか。
哪一個是中村先生的包包？		

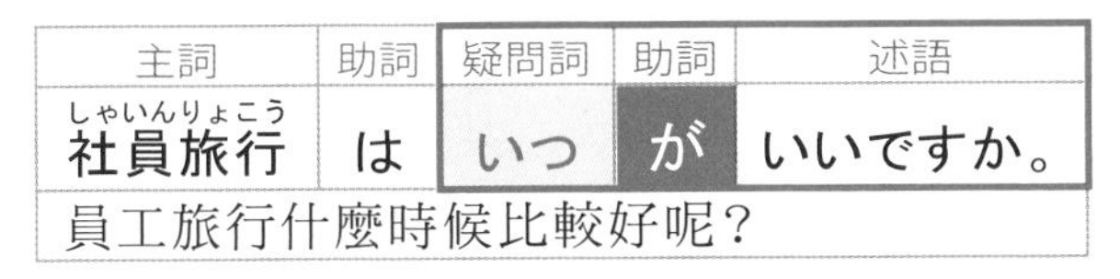

主詞	助詞	疑問詞	助詞	述語
社員旅行(しゃいんりょこう)	は	いつ	が	いいですか。
員工旅行什麼時候比較好呢？				

※ 不管疑問詞在哪個位置，後面的助詞都要用「が」。

◎ パーティーの場所(ばしょ)はどこがいいですか。
（派對的場地在哪裡比較好呢？）

2・表示能力、心理作用的對象

❶ 表能力的對象

（對象）	助詞	述語
車(くるま)の運転(うんてん)	が	できます。
會開車。		

※ できます（會）。

說明 其他像是：上手(じょうず)（好）、下手(へた)（差）、得意(とくい)（擅長）、わかります（懂）等，也經常與表示對象的「が」搭配使用。

◎ 彼(かれ)はフランス語(ご)が話(はな)せます。（他會說法文。）

❷ 表所有、擁有的事物

主詞	（對象）	助詞	述語
田中(たなか)さんは	車(くるま)	が	あります。
田中先生有車。			

主詞	（對象）	助詞	述語
森(もり)さんは	子供(こども)	が	います。
森先生有小孩。			

※「が」前面的名詞即表所有的人或事物。動詞「あります」用於表無生命的所有物，「います」則是表有生命的生物體。

◎ 仕事（しごと）がいっぱいあります。（有一堆工作。）

◎ 彼（かれ）は友達（ともだち）がたくさんいます。（他有很多朋友。）

❸ 表內心感受的對象

(對象)	助詞	述語
日本語（にほんご）の勉強（べんきょう）	が	好（す）きです。
我喜歡學習日文。		

※ 表心理，如：ほしい（想要）、心配（しんぱい）（擔心）、好（す）き（喜歡）、嫌（きら）い（討厭）等情緒的對象。

◎ 私（わたし）は一人暮（ひとりぐ）らしの娘（むすめ）のことが心配（しんぱい）です。
（我擔心獨自生活的女兒。）

◎ 私（わたし）は美術（びじゅつ）に興味（きょうみ）があります。
（我對美術有興趣。）

❹ 表感官知覺的對象

補語	(對象)	助詞	述語
ここから	富士山（ふじさん）	が	見（み）えます。
從這裡看得見富士山。			

※ 用於表感覺，如味覺、嗅覺、視覺……等對象。

◎ このスープは変（へん）な味（あじ）がします。
（這道湯感覺有怪味道。）

◎ 鳥（とり）の鳴（な）き声（ごえ）が聞（き）こえます。
（聽得見鳥叫聲。）

接續助詞

3・置於句子中連接前後文

❶ 表示逆接、對立（雖然～但是、雖然～卻）

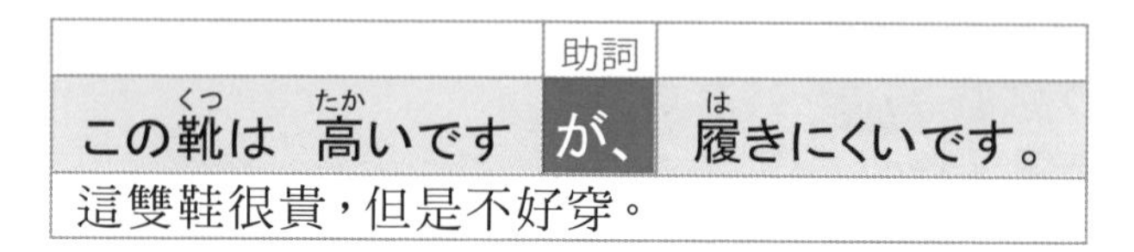

	助詞	
この靴（くつ）は　高（たか）いです	が、	履（は）きにくいです。
這雙鞋很貴，但是不好穿。		

◎ 海外旅行（かいがいりょこう）に行（い）きたいのですが、お金（かね）がありません。

（想去海外旅行，但是沒有錢。）

---

❷ 接在開場白後，表示提醒的語氣

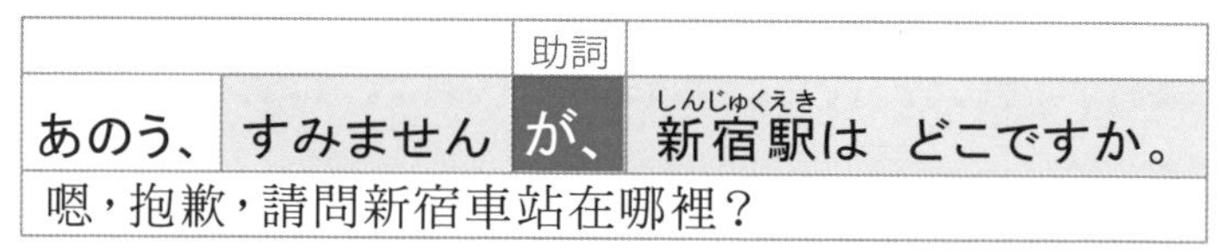

		助詞	
あのう、	すみません	が、	新宿駅（しんじゅくえき）は　どこですか。
嗯，抱歉，請問新宿車站在哪裡？			

※ 此項的「が」所連接的上下句並無明顯的對立或對比，但是「が」所接的上句是屬於提醒的語氣。

◎ 私（わたし）は詳（くわ）しくないのですが、田中（たなか）さんなら知（し）っていると思（おも）う。

（我是不清楚，我想田中先生的話知道。）

4・省略後面文句表示委婉語氣

	助詞
すみません、 | よく聞(き)こえないんです	が。
抱歉，我聽不清楚……。	

※ 此項是省略後面的文句，表示委婉的語氣。省略的後句意義大致上是聽話者都可以了解的內容。如上句中的後面可能是要求對方再說一次或再說大聲一點等的語句。

◎ 部長(ぶちょう)は出(で)かけておりますが。

（經理出去了……。）

動動手動動腦

1. 毎朝(まいあさ)コーヒー(　　)ジュースを飲(の)みます。

   ① に　　② か　　③ へ　　④ で

2. コーヒーと紅茶(こうちゃ)とどちら(　　)好(す)きですか。

   ① か　　② が　　③ を　　④ は

3. どうすればいいです(　　)。

   ① な　　② ね　　③ か　　④ よ

4. 池(いけ)には魚(さかな)(　　)います。

   ① が　　② で　　③ に　　④ を

5. いっしょにハイキングに行(い)きません(　　)。

   ① か　　② が　　③ ね　　④ よ

6. 両親(りょうしん)(　　)住(す)んでいるところは京都(きょうと)です。

   ① を　　② が　　③ に　　④ で

7. 姉(あね)は水泳(すいえい)(　　)上手(じょうず)です。

   ① か　　② で　　③ が　　④ は

8. 彼(かれ)は体(からだ)が丈夫(じょうぶ)です(　　)、働(はたら)きません。

   ① が　　② から　　③ か　　④ で

解答請見第192頁

重點預覽

格助詞、接續助詞

例句	用法
きのう日本(にほん)から手紙(てがみ)が来(き)ました。 昨天從日本寄來了信。	動作起點
このイベントは秋(あき)からです。 這個活動是從秋天開始。	時間起點
右(みぎ)の人(ひと)から順番(じゅんばん)に読(よ)みなさい。 從右邊的人開始輪流唸。	順序起點
試験(しけん)は5(ご)ページから10(じゅっ)ページまでです。 測驗從第5頁到第10頁。	範圍起點
今(いま)の成績(せいせき)から見(み)ると、東京大学(とうきょうだいがく)は無理(むり)でしょう。 以目前的成績來看，東京大學是無望的吧。	判斷基準
窓(まど)から小鳥(ことり)が見(み)えます。 從窗戶看得見小鳥。	經由場所
豆腐(とうふ)は大豆(だいず)から作(つく)られています。 豆腐是由大豆製造的。	原料、材料
社長(しゃちょう)から叱(しか)られました。 被總經理責備了。	被動行為的主體
コーヒーは一杯(いっぱい)８００円(はっぴゃくえん)からになります。 咖啡一杯也要800日圓。	強調量多
試験中(しけんちゅう)ですから、静(しず)かにしなさい。 因為正在考試所以要保持安靜。	主觀的理由
雨(あめ)が降(ふ)ったから、道(みち)が濡(ぬ)れています。 因為下過雨，所以地上濕濕的。	客觀的原因

1・表示起點、基準點

格助詞

❶ 表示動作、時間、範圍、順序等的起點

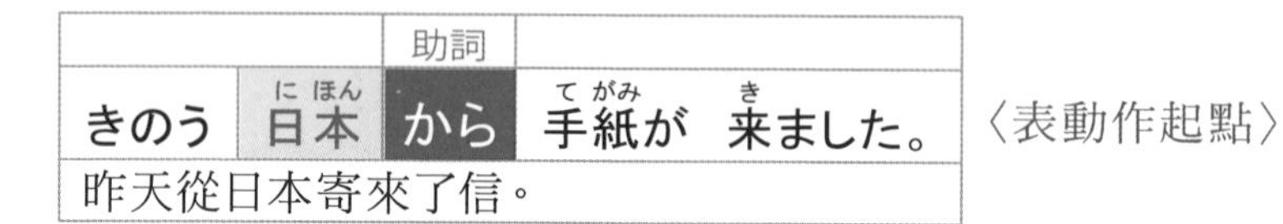

		助詞	
きのう	日本(にほん)	から	手紙(てがみ)が　来(き)ました。
昨天從日本寄來了信。			

〈表動作起點〉

◎ このイベントは秋(あき)からです。　〈表時間起點〉

（這個活動是從秋天開始。）

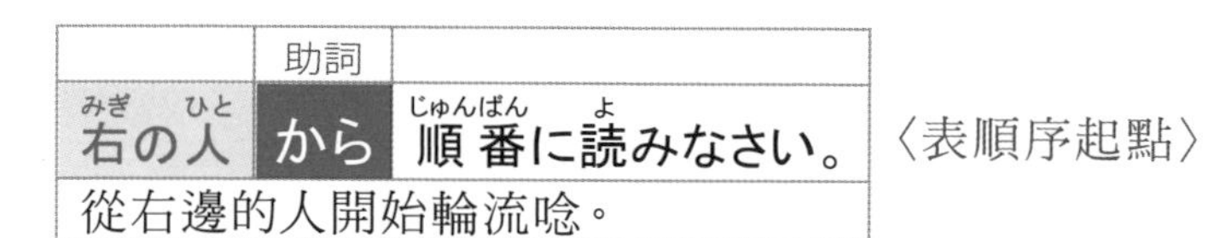

	助詞	
右(みぎ)の人(ひと)	から	順番(じゅんばん)に読(よ)みなさい。
從右邊的人開始輪流唸。		

〈表順序起點〉

◎ 試験(しけん)は5(ご)ページから10(じゅっ)ページまでです。　〈表範圍起點〉

（測驗從第 5 頁到第 10 頁。）

❷ 判斷的基準或是立場

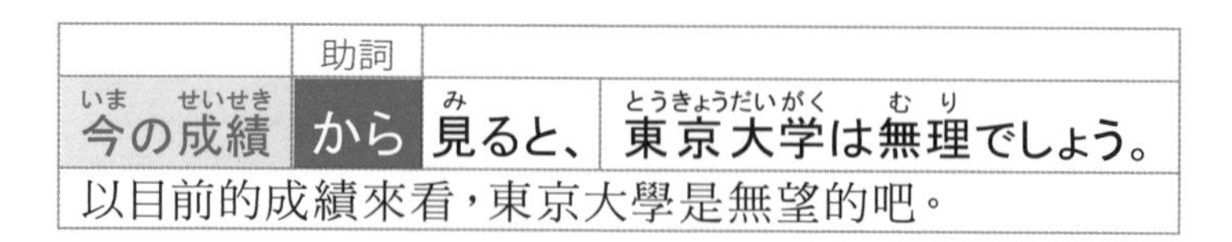

	助詞		
今(いま)の成績(せいせき)	から	見(み)ると、	東京大学(とうきょうだいがく)は無理(むり)でしょう。
以目前的成績來看，東京大學是無望的吧。			

◎ 部長(ぶちょう)の話(はなし)から考(かんが)えると、休(やす)みが取(と)れないかもしれません。

（從經理的談話內容來想的話，可能無法請假。）

說明 慣用句型

➡ …からすると（從…來說的話）

➡ …からいうと（從…來說的話）

➡ …からみると（從…來看的話）

➡ …から考(かんが)えると（從…來思考的話）

❸ 表示通過或經由的場所

	助詞	
あちらのドア	から	入(はい)ってください。
請從那邊的門進來。		

※ 句中的「あちらのドア」即為進出通過的地點。

◎ 窓(まど)から小鳥(ことり)が見(み)えます。

（從窗戶看得見小鳥。）

❹ 表示原料、材料

		助詞	
ビールは	麦(むぎ)	から	作(つく)ります。
啤酒是由小麥製造的。			

※ 「小麥」為啤酒的原料。

◎ 豆腐(とうふ)は大豆(だいず)から作(つく)られています。

（豆腐是由大豆製造的。）

❺ 表示被動句中的行為主體

		助詞	
私(わたし)は	父(ちち)	から	褒(ほ)められました。
我被爸爸稱讚。			

※ 此句型為被動語句。是從被動者角度敘述「主詞被某人～」。「褒められました」（被稱讚）是動詞「褒める」（稱讚）的被動式。「父」是稱讚主詞（我）的行為主體，其後的助詞用「から」或「に」。

說明 這句話也等於「父に褒められました」。

◎ 社長(しゃちょう)から叱(しか)られました。
（被總經理責備了。）

---

❻ 強調量之多

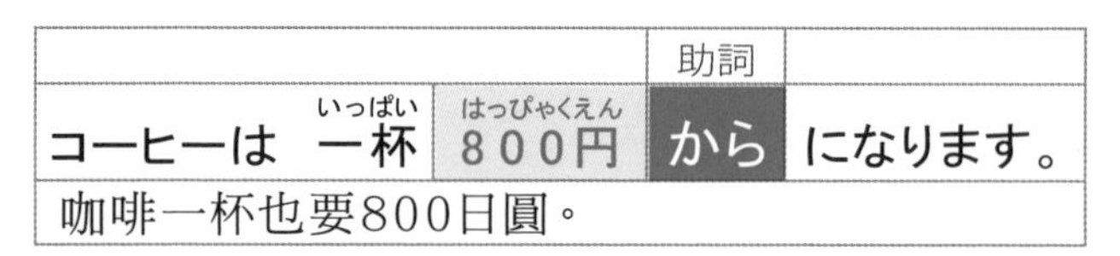

			助詞	
コーヒーは	一杯(いっぱい)	800円(はっぴゃくえん)	から	になります。
咖啡一杯也要800日圓。				

※ 上句一般的說法為「800 円になります」，但是加上「から」後就形成強調語氣。

◎ アルバイトの時給(じきゅう)は 950円(きゅうひゃくごじゅうえん)からになります。
（打工的時薪是每小時 950 日圓起跳。）

2・表示原因、理由

接續助詞

❶ 表請託、命令、主張、禁止、推測等的主觀理由

	助詞	
暑(あつ)いです	から、	クーラーをつけましょう。
因為很熱，開冷氣吧。		

※「暑いです」為後文請託的原因。

◎ 試験中(しけんちゅう)ですから、静(しず)かにしなさい。　〈表命令〉
（因為正在考試所以要保持安靜。）

❷ 表客觀結果的原因

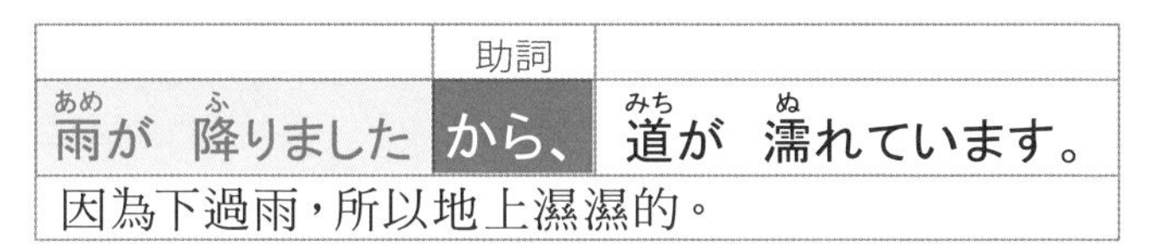

	助詞	
雨(あめ)が　降(ふ)りました	から、	道(みち)が　濡(ぬ)れています。
因為下過雨，所以地上濕濕的。		

※ 前項的內容是表示後項結果的原因。

◎ 彼(かれ)はお酒(さけ)を飲(の)みすぎましたから、胃(い)の調子(ちょうし)が悪(わる)くなりました。
（他因為過度飲酒，所以胃不好。）

重點預覽

副助詞

例句	用法
一日十ページぐらい読みます。 一天讀十頁左右。	大概程度
これぐらいの大きさの袋がほしいです。 我想要這麼大的袋子。	比較依據
ネクタイくらい締めなさい。 至少也繫條領帶吧。	最低限度
途中でやめるくらいなら、今からやらないほうがいいですよ。 若要半途而廢，倒不如現在開始就別做比較好。	強調程度嚴重

☞接續用法：名詞/動詞常體形（普通形）＋ くらい（ぐらい）

※ くらい 有時也作 ぐらい

・表示程度

❶ 大概的數量或程度

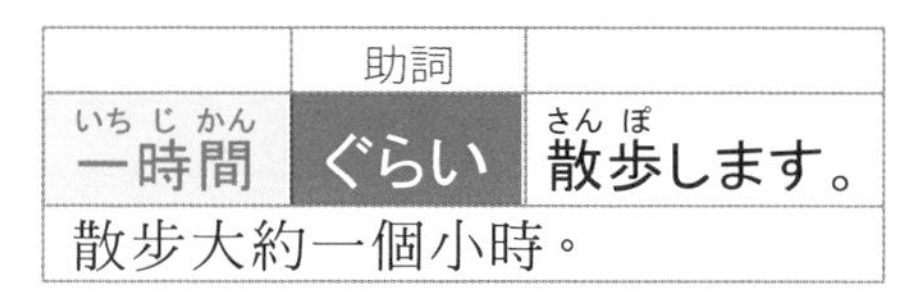

	助詞	
一時間（いちじかん）	ぐらい	散歩（さんぽ）します。
散步大約一個小時。		

※「くらい」（ぐらい）意思為「大概；大約」。

◎ 一日十（いちにちじゅっ）ページぐらい読（よ）みます。

（一天讀十頁左右。）

◎ 三十歳（さんじゅっさい）ぐらいの男（おとこ）です。

（大約三十歲左右的男子。）

說明 數量詞後接「くらい」（ぐらい）時，意思與「ばかり」（參考 p.114），「ほど」（參考 p.120）用法相同。

➡ 百人（ひゃくにん）ぐらい＝百人（ひゃくにん）ばかり＝百人（ひゃくにん）ほど（大約一百個人）

---

❷ 作為比較的依據

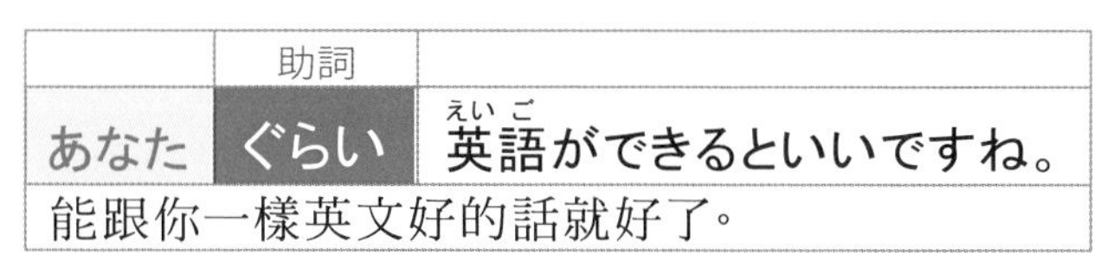

	助詞	
あなた	ぐらい	英語（えいご）ができるといいですね。
能跟你一樣英文好的話就好了。		

※ 表示大概的程度、範圍或狀況。意思為「約～；差不多～」。

◎ これぐらいの大きさの袋がほしいです。
（我想要這麼大的袋子。）

❸ 表示最低程度、限度

		助詞	
忙しくても	電話	ぐらい	しなさい。
就算忙至少也要打個電話。			

※ 此項的「くらい」（ぐらい）意思為「最少～；至少～；起碼～」。

◎ ネクタイくらい締めなさい。
（至少也繫條領帶吧。）

❹ 強調程度嚴重或過度輕微

	助詞	
途中でやめる	ぐらい	なら、今からやらないほうがいいですよ。
若要半途而廢，倒不如現在開始就別做比較好。		

※ 此項的用法後常接逆接語氣。

◎ これくらいの怪我だったら、病院に行かなくてもいいでしょう。
（這麼一點小傷，可以不必去醫院吧。）

說明 慣用句型
➡ … くらい なら（若是…不如）

重點預覽 けれども

接續助詞、終助詞

毎日忙しいけれども、楽しいです。
雖然每天都很忙碌，但是很快樂。
逆接

あしたはパーティーがあるけど、田中さんは行きますか。
明天有派對，田中先生要去嗎？
開場白

お願いしたいことがあるんですけれども。
有事想拜託你。
委婉的語氣

もう少し背が高いといいのだけれど。
如果再長高一點的話就好了。
違反事實的期待

☞けれども 有時也作 けれど 或 けど

1・置於句子中連接前後文

接續助詞

❶ 表示逆接、對立

		助詞	
毎日（まいにち）	忙（いそが）しい	けれども、	楽（たの）しいです。
雖然每天都很忙碌，但是很快樂。			

※ 此項的意思為「雖然～但是」。

◎ 手（て）が痛（いた）いけれども、我慢（がまん）しています。
（雖然手很痛，但是忍著。）

❷ 接在開場白後，表示提醒的語氣

	助詞	
あしたは　パーティーがある	けど、	田中（たなか）さんは行（い）きますか。
明天有派對，田中先生要去嗎？		

※ 此項的「けれども」表敘述事實，帶出後半句，這裡不須譯出。

◎ 経験（けいけん）から言（い）うんだけれども、時間（じかん）には厳（きび）しいほうがいいです。
（從經驗上來說，對時間嚴格要求是較好的。）

2・置於句尾增添語氣

終助詞

❶ 表示委婉的語氣

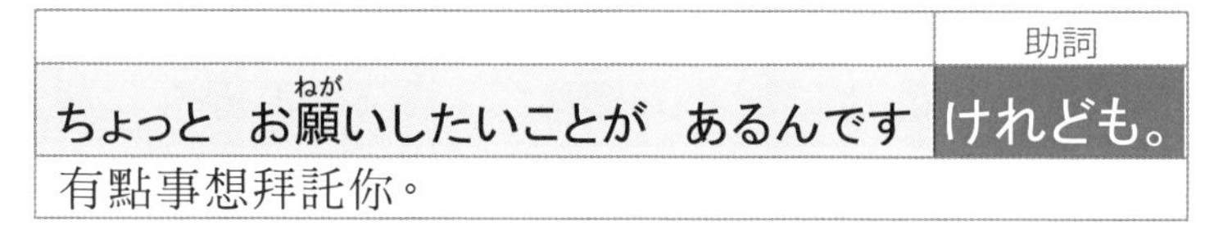

	助詞
ちょっと　お願(ねが)いしたいことが　あるんです	けれども。
有點事想拜託你。	

◎ すみません、ちょっとラジオの音(おと)がうるさいんですけど。
（抱歉，收音機的聲音有一點吵。）

❷ 表示期待與事實相反的語氣

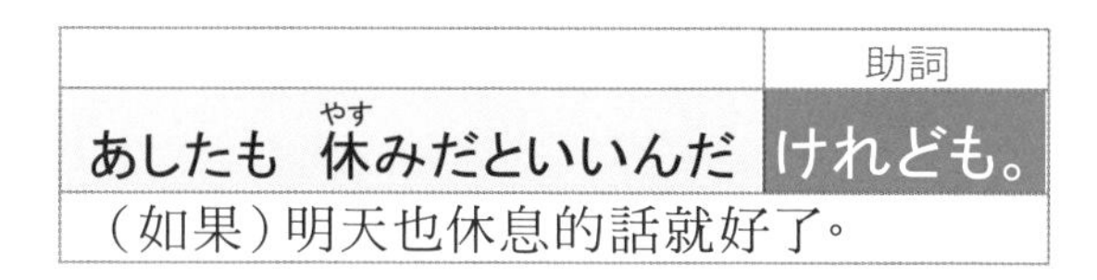

	助詞
あしたも　休(やす)みだといいんだ	けれども。
（如果）明天也休息的話就好了。	

◎ もう少(すこ)し背(せ)が高(たか)いといいのだけれど。
（如果再長高一點的話就好了。）

動動手動動腦

1. 言(い)うことは立派(りっぱ)だ(　　)、することはなっていない。

　① けど　　② も　　③ くらい　　④ から

2. その電車(でんしゃ)は新宿駅(しんじゅくえき)(　　)出(で)ています。

　① が　　② か　　③ に　　④ から

3. 私(わたし)でもできる(　　)のことです。

　① くらい　　② な　　③ が　　④ に

4. 紙(かみ)は木(き)(　　)作(つく)られました。

　① も　　② から　　③ が　　④ を

5. (電話中(でんわちゅう))もしもし、青田(あおた)です(　　)。

　① か　　② くらい　　③ けど　　④ に

6. 子供(こども)は何歳(なんさい)になっても、親(おや)(　　)見(み)ると、まだ幼(おさな)いです。

　① から　　② で　　③ へ　　④ が

7. 危(あぶ)ないです(　　)、入(はい)ってはいけません。

　① が　　② か　　③ で　　④ から

8. 私(わたし)は庭(にわ)のある家(いえ)に住(す)みたい(　　)。

　① けれど　　② か　　③ たら　　④ とも

解答請見第192頁

重點預覽 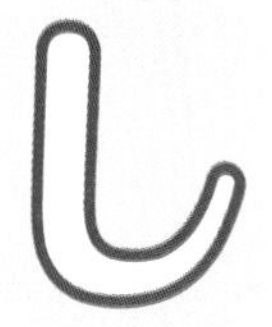

接續助詞

私(わたし)のアパートは駅(えき)に近(ちか)いし、家賃(やちん)も安(やす)いです。
我的公寓離車站很近，租金也便宜。
事實並列

頭(あたま)も痛(いた)いし、熱(ねつ)もあるし、休(やす)みました。
因為頭痛，又發燒，所以請假了。
理由並列

☞接續用法：常體形（普通形）＋ し

・表示兩者以上的並列條件

❶ 並列事實條件

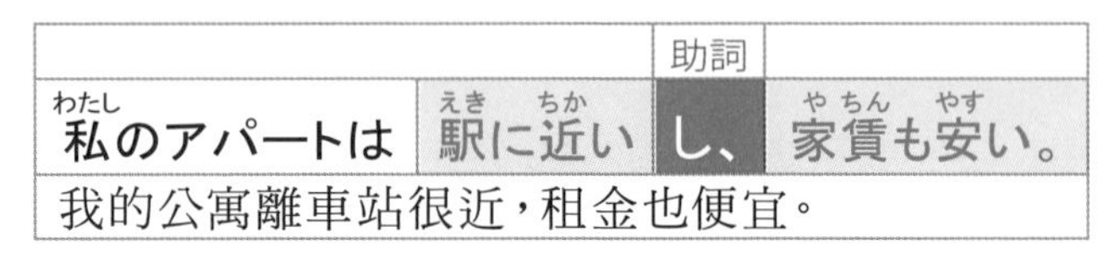

	助詞	
私(わたし)のアパートは　駅(えき)に近(ちか)い	し、	家賃(やちん)も安(やす)い。
我的公寓離車站很近，租金也便宜。		

※「～し、（～し）」的意思是「既～又～」。

◎ 彼(かれ)はハンサムだし、頭(あたま)もいいし、それに親切(しんせつ)です。

（他長得帥，腦筋又好，而且也很親切。）

---

❷ 並列理由或原因陳述

	助詞		助詞	
頭(あたま)も痛(いた)い	し、	熱(ねつ)もある	し、	休(やす)みました。
因為頭痛，又發燒，所以請假了。				

※「～し、（～し）」表原因或理由時，意思是「因為～而且～所以」。

◎ ここは交通(こうつう)も便利(べんり)だし、環境(かんきょう)もきれいだし、私(わたし)はとても好(す)きです。

（這裡因為交通方便，而且環境乾淨，所以我非常喜歡。）

重點預覽

副助詞

私(わたし)しか行(い)きません。
只有我要去。

限定範圍

☞接續用法：名詞/助詞/動詞辭書形 ＋ しか

・表限定範圍

	助詞	
私	しか	行きません。
只有我要去。		

※「しか」後接否定。意思是「僅～；唯有～」。

◎ 銀行は3時半までしか開いていません。

（銀行只開到3點半。）

◎ このハンドバッグはこの店でしか売っていません。

（這種手提包只在這家店才有賣。）

重點預覽 

副助詞

ひとりごひゃくえん　だ
一人500円ずつ出します。
一個人各出500日圓。
表平均分配

まいにちすこ　れんしゅう
毎日少しずつ練習しています。
每天都練習一些。
重複固定量

☞接續用法：（表數量、程度）名詞/副詞 ＋ ずつ

❶ 表平均分配

		助詞	
一人（ひとり）	500円（ごひゃくえん）	ずつ	出（だ）します。
一個人各出500日圓。			

※「ずつ」接在表數量、程度的名詞或副詞後，表平均分配。意思是「每～；各～」。

◎ みんなで少（すこ）しずつ分（わ）けましょう。
（大家各分一些吧。）

---

❷ 表重複固定的量

		助詞	
毎日（まいにち）	少（すこ）し	ずつ	練習（れんしゅう）しています。
每天都練習一些。			

※ 語意中含「一點一點地」的意思。

◎ この時計（とけい）は一日（いちにち）に五分（ごふん）ずつ遅（おく）れます。
（這個時鐘一天慢五分鐘。）

副助詞

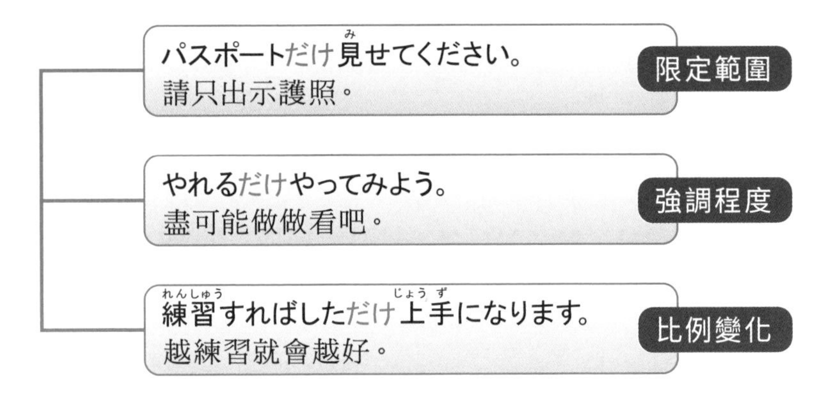

☞接續用法：名詞/な形/い形/動詞/助詞 ＋ だけ

・表限定範圍或強調程度

❶ 表限定範圍

	助詞	
パスポート	だけ	見(み)せてください。
請只出示護照。		

※ 意思是「僅～；只～」。

◎ 両親(りょうしん)とだけ相談(そうだん)しました。（只與雙親商量過。）

❷ 強調程度、限度

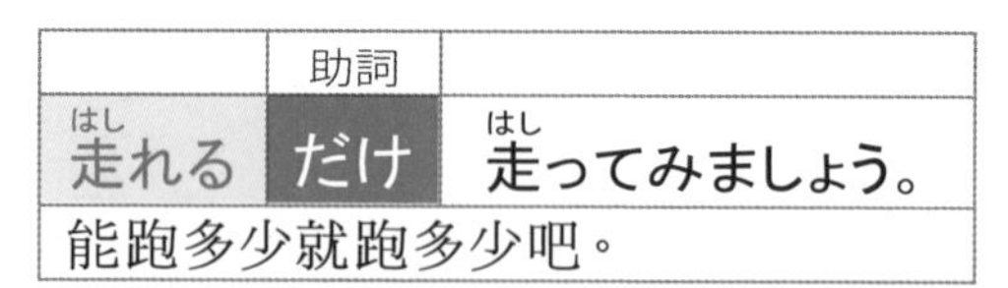

	助詞	
走(はし)れる	だけ	走(はし)ってみましょう。
能跑多少就跑多少吧。		

※ 此項的「だけ」含有「盡可能～；盡量～；只～」。

◎ やれるだけやってみよう。＜最大限度＞
（盡可能做做看吧。）

◎ たったこれだけの薬(くすり)でもうすっかり治(なお)りました。＜強調少＞
（只是這麼一點的藥就已經完全痊癒了。）

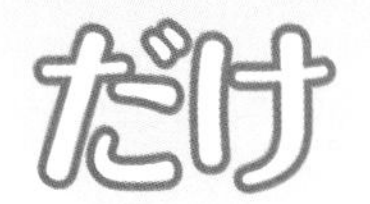

❸ 慣用句型，表比例變化，越～就越～

	助詞	
練習(れんしゅう)すれば した	だけ	上手(じょうず)になります。
越練習就會越好。		

◎ 読書(どくしょ)したら読書(どくしょ)しただけ心(こころ)が豊(ゆた)かになります。
（越讀書就越能豐富心靈。）

說明 慣用句型

➡ …ば…た だけ

➡ …たら…た だけ

動動手動動腦

1. 田中さんは勉強もできる(　　)スポーツも上手です。

   ① し　　② で　　③ か　　④ が

2. 私は日本語はちょっと(　　)わかりません。

   ① し　　② で　　③ しか　　④ でも

3. プリントを一人 3 枚(　　)配ります。

   ① か　　② が　　③ で　　④ ずつ

4. 朝も早い(　　)、夜も遅い(　　)、家事はほとんどできません。

   ① から/から　　② し/し　　③ か/か　　④ と/と

5. 刺身(　　)は食べられません。

   ① ずつ　　② だけ　　③ で　　④ が

解答請見第192頁

重點預覽

助動詞「た」的假定形，轉作接續助詞使用

例句	條件
もし暇だったら、パーティーに行きます。 假如有空的話，我會去派對。	假設條件
春になったら、桜の花が咲きます。 當春天時，櫻花就會開。	常態條件
外に出たら、雨が降っていました。 當出去外面時，竟在下著雨。	結果條件
日本に着いたら、電話をかけます。 到了日本的話，會打電話。	預定條件
日本へ留学に行ったらいいと思います。 我覺得到日本留學的話比較好。	建議、忠告

☞ 接續用法：

名詞－過去式常體形＋ら	例：いい天気だった	☞ いい天気だったら
な形－過去式常體形＋ら	例：暇だった	☞ 暇だったら
い形－過去式常體形＋ら	例：おいしかった	☞ おいしかったら
動詞－た形＋ら	例：食べた	☞ 食べたら

※常體形＝普通形

1・表條件，連接前後文

接續助詞

❶ 假設語氣

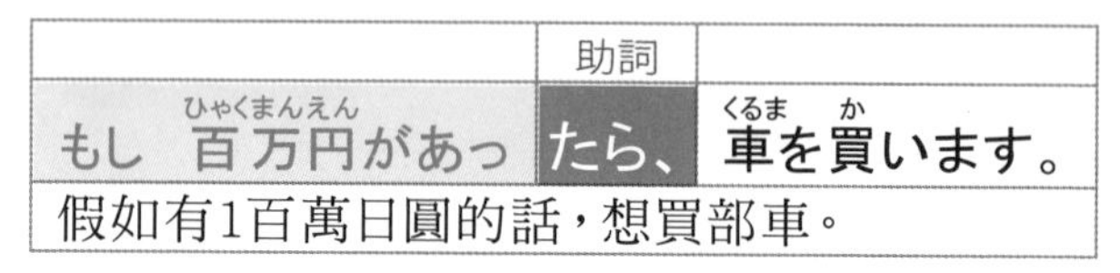

	助詞	
もし 百万円(ひゃくまんえん)があっ	たら、	車(くるま)を買(か)います。
假如有1百萬日圓的話，想買部車。		

※「～たら」表在某個假設下所做的判斷或決定。意思為「假如～的話，就；如果～的話，就」。

◎ もし暇(ひま)だったら、パーティーに行(い)きます。
（假如有空的話，我會去派對。）

❷ 表常態、真理

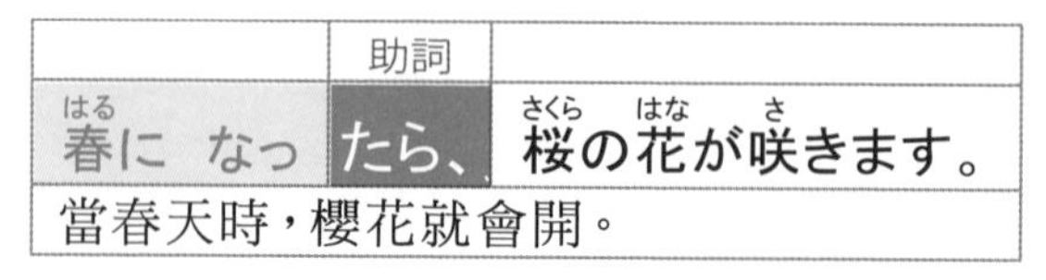

	助詞	
春(はる)に なっ	たら、	桜(さくら)の花(はな)が咲(さ)きます。
當春天時，櫻花就會開。		

※ 此項「～たら」表事實、真理，意思為「當～時就會…」。

◎ 私(わたし)はお酒(さけ)を飲(の)んだら、顔(かお)が赤(あか)くなります。
（我一喝酒臉就會紅。）

❸ 表示結果

	助詞	
外（そと）に 出（で）	たら、	雨（あめ）が降（ふ）っていました。
當出去外面時，竟在下著雨。		

※「～たら」表示當做某事時出現意外的結果，意思為「當做～時，卻」。

◎ ゆうべ田中先生（たなかせんせい）に電話（でんわ）したら、留守（るす）でした。

（昨晚打電話給田中老師時，老師不在家。）

❹ 表預定

	助詞	
日本（にほん）に 着（つ）い	たら、	電話（でんわ）をかけます。
到了日本的話，會打電話。		

※「～たら」表示當完成某事後，接著就預定進行做某事。意思為「當～的話，就」。因為是預定上的事，所以後面不會接過去式。

◎ 田中（たなか）さん、仕事（しごと）が終（お）わったら、会議室（かいぎしつ）へ来（き）てください。

（田中先生，工作結束的話，請來會議室。）

2・表建議或忠告

接續助詞

	助詞	
日本(にほん)へ留学(りゅうがく)に行(い)っ	たら、	いいと思(おも)います。
我覺得到日本留學的話比較好。		

※ 此項「～たら」為提供建議，意思為「～的話，比較…」。

◎ どんなに忙(いそが)しくても、たまには旅行(りょこう)に行(い)ったらどうですか。
（無論怎麼忙，偶而去旅行一下如何呢？）

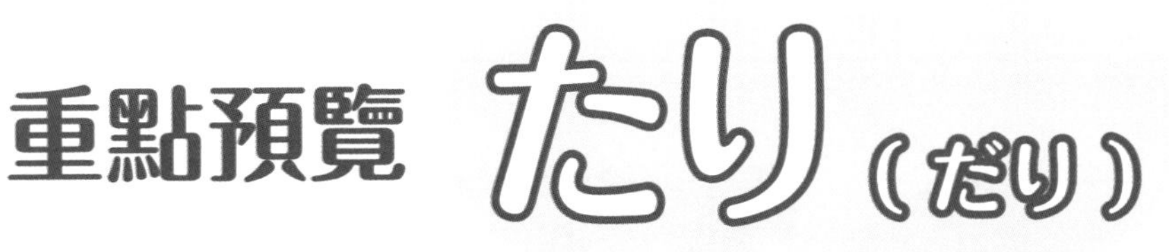

接續助詞

あしたレポートを書(か)いたり、小説(しょうせつ)を読(よ)んだりします。
明天要寫寫報告啦、看看小說啦。
動作列舉

最近暑(さいきんあつ)かったり、寒(さむ)かったりします。
最近天氣忽熱忽冷的。
狀態交替

雑誌(ざっし)を読(よ)んだりして待(ま)ってください。
請看看雜誌什麼的等一下。
動作例示

☞ 接續用法：

名詞－過去式常體形＋り	例：先生(せんせい)だった	☞ 先生(せんせい)だったり
な形－過去式常體形＋り	例：暇(ひま)だった	☞ 暇(ひま)だったり
い形－過去式常體形＋り	例：おいしかった	☞ おいしかったり
動詞－た形＋り	例：来(き)た	☞ 来(き)たり

※常體形＝普通形

・表列舉動作或狀態

❶ 動作或狀態的列舉

		助詞		助詞	
あした	レポートを書(か)い	たり、	小説(しょうせつ)を読(よ)ん	だり	します。
明天要寫寫報告啦、看看小說啦。					

※ 意思為「又做～啦、又做～啦」。

◎ 見(み)たり聞(き)いたりしたことを書(か)き留(と)めました。
（將所見所聞的事記下了。）

說明 慣用句型

➡ … **たり** … **たり** する（做做…啦，做做…啦）

❷ 動作或狀態的列舉交替進行

		助詞		助詞	
最近(さいきん)	暑(あつ)かっ	たり、	寒(さむ)かっ	たり	します。
最近天氣忽熱忽冷的。					

※ 意思為「有時～有時～；忽而～忽而～」。

◎ 彼(かれ)は同(おな)じところを行(い)ったり来(き)たりしています。
（他在同一個地方走來走去。）

說明 慣用句型

➡ … たり … たり する （忽而…忽而…）

❸ 例示一個動作或狀態

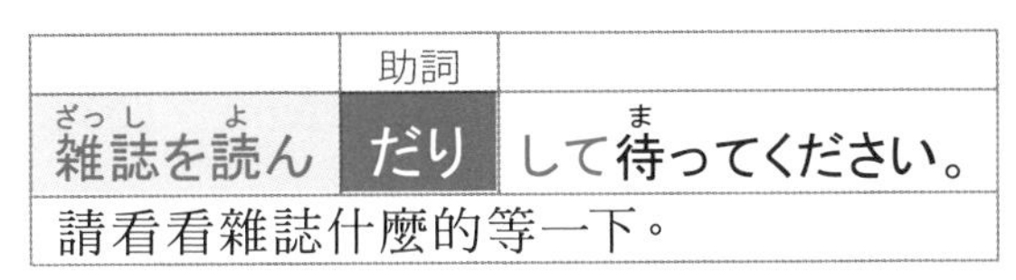

	助詞	
雑誌を読ん	だり	して待ってください。
請看看雜誌什麼的等一下。		

※ 此項「～たり」主要是例示一個動作或狀態，以暗示其他動作或狀態，意思為「～什麼的」。

◎ かげで人の悪口を言ったりしてはいけません。

（不可在背後說人壞話什麼的。）

說明 慣用句型

➡ … たり（など）する（譬如做…的）

重點預覽 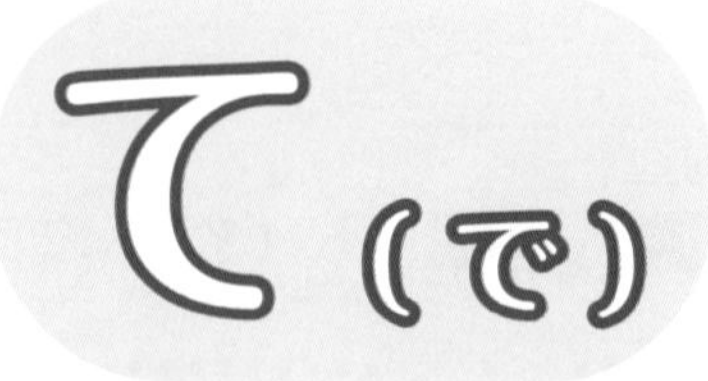 接續助詞

電車を降りて、バスに乗ります。
下電車後，搭公車。
動作接續

彼は背が高くて、肩幅も広いです。
他長得高，而且肩膀也很寬。
性質的並列

急用ができて、出席できなかった。
因為突然有急事，無法出席。
原因、理由

風邪を引いていて、薬を飲みません。
感冒了，卻不吃藥。
語氣轉折

この卵をゆでて、食べます。
將這個蛋水煮來吃。
方法、手段

喜んで引き受けます。
欣然地接受。
動作狀態

☞ 接續用法：

名詞－名詞＋で	例：先生	☞ 先生で
な形－な形＋で	例：暇	☞ 暇で
い形－～~~い~~＋くて	例：おいしい	☞ おいしくて
動詞－て形	例：食べる	☞ 食べて

※ 動詞的て形變化可參考本系列《口訣式日語動詞》p.40

接續助詞

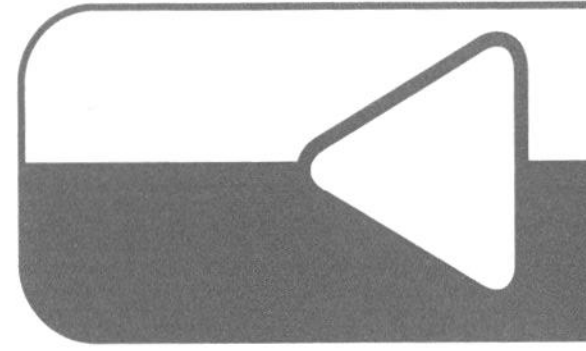

て・以て形連接前後文

❶ 表動作的接續

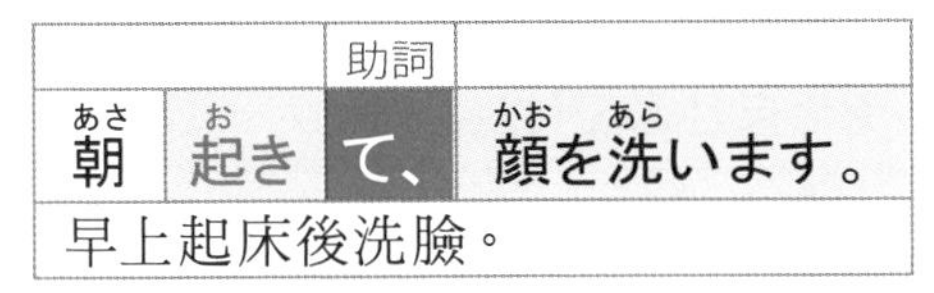

		助詞	
朝(あさ)	起(お)き	て、	顔(かお)を洗(あら)います。
早上起床後洗臉。			

※「～て（～で）」表示一個動作結束後，又做某個動作。意思是「做完～後做…」。

◎ 電車(でんしゃ)を降(お)りて、バスに乗(の)ります。
（下電車後，搭公車。）

❷ 表動作或性質的並列

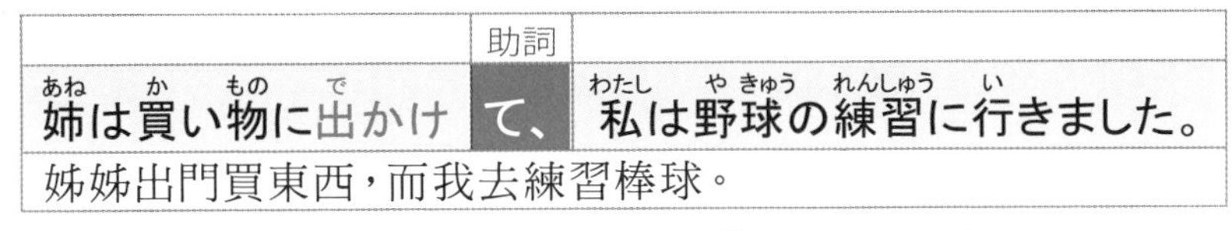

	助詞	
姉(あね)は買(か)い物(もの)に出(で)かけ	て、	私(わたし)は野球(やきゅう)の練習(れんしゅう)に行(い)きました。
姊姊出門買東西，而我去練習棒球。		

※「～て（～で）」表並列時，意思是「而且～；同時～」。

◎ 彼(かれ)は背(せ)が高(たか)くて、肩幅(かたはば)も広(ひろ)いです。
（他長得高，而且肩膀也很寬。）

❸ 表原因、理由

	助詞	
急用(きゅうよう)ができ	て、	出席(しゅっせき)できなかった。
因為突然有急事，無法出席。		

※ 意思是「因為～所以～」，此用法通常用於表人為無法掌控的原因。

◎ 外(そと)はうるさくて、勉強(べんきょう)できませんでした。
（因為外面很吵，所以無法讀書。）

❹ 表意外或不滿的語氣轉折

	助詞	
風邪(かぜ)を引(ひ)いてい	て、	薬(くすり)を飲(の)みません。
感冒了，卻不吃藥。		

※ 意思是「但是；卻」。

◎ 彼(かれ)は知(し)っていて、言(い)いません。
（他知道卻不說。）

❺ 表方法、手段

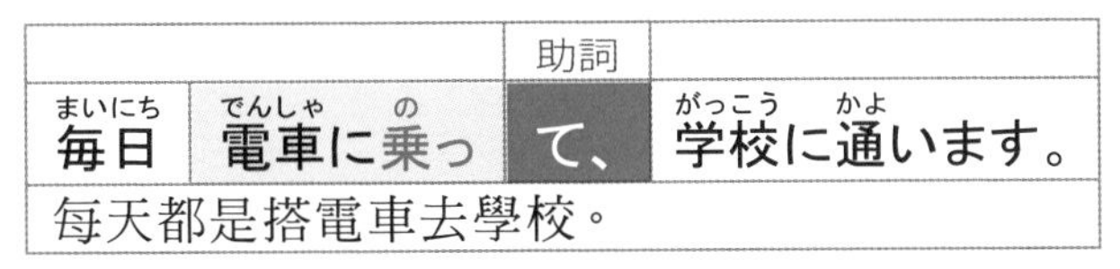

		助詞	
毎日(まいにち)	電車(でんしゃ)に乗(の)っ	て、	学校(がっこう)に通(かよ)います。
每天都是搭電車去學校。			

※「～て（～で）」表方法、手段時，意思是「用；以」。

◎ この卵(たまご)をゆでて、食(た)べます。

（將這個蛋水煮來吃。）

❻ 表動作的狀態

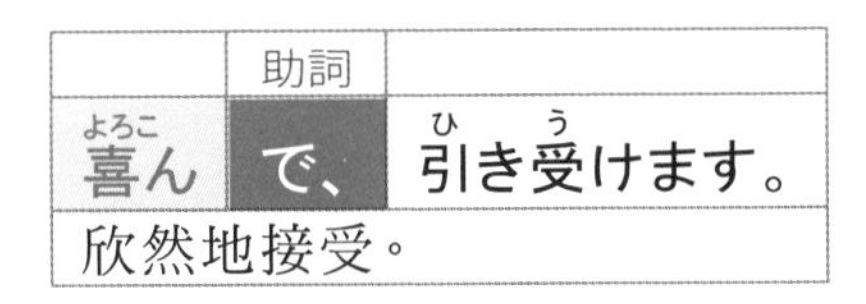

	助詞	
喜(よろこ)ん	で、	引(ひ)き受(う)けます。
欣然地接受。		

◎ 目(め)を開(ひら)いて、よく見(み)なさい。

（睜大眼睛注意看。）

重點預覽 

格助詞

- 毎朝駅で新聞を買います。
  每天早上都在車站買報紙。
  動作發生場所
- 毎日テレビでフランス語を勉強します。
  每天利用電視學法文。
  方法、手段
- 木で机を作ります。
  用木頭製造桌子。
  原料、材料
- 笑顔であいさつします。
  以笑容打招呼。
  動作狀態
- きのうは病気で休みました。
  昨天因為生病，所以請假了。
  原因、理由
- このりんごは3つで千円です。
  這種蘋果3顆1千日圓。
  範圍限定

・置於名詞後表各種用法

❶ 表動作、行為發生的場所

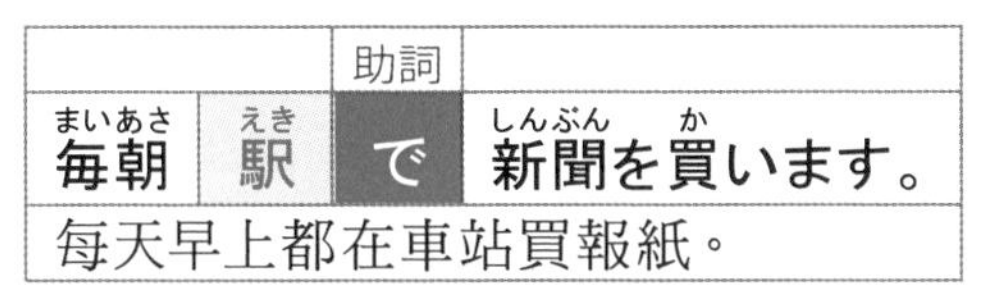

		助詞	
毎朝	駅	で	新聞を買います。
每天早上都在車站買報紙。			

※「で」表示場所，意思為「在（某地）」。

◎ 動議は委員会で可決しました。

（提案在委員會通過了。）

❷ 表方法、手段

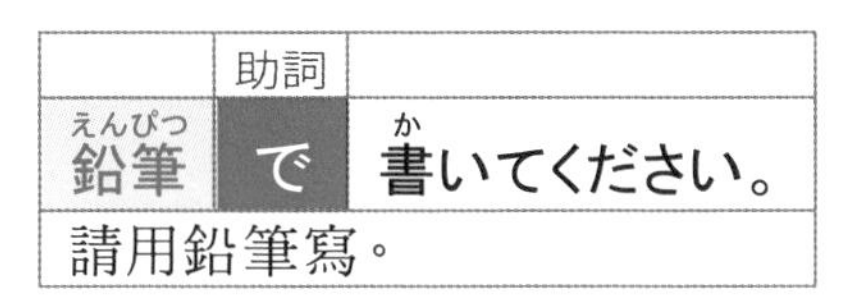

	助詞	
鉛筆	で	書いてください。
請用鉛筆寫。		

※「で」表示方法、手段，意思是「用～；以～」。

◎ 毎日テレビでフランス語を勉強します。

（每天利用電視學法文。）

❸ 表原料、材料

		助詞	
この菓子（かし）は	小麦粉（こむぎこ）	で	作（つく）られました。
這種點心是用麵粉做的。			

※「で」表示原料、材料時，意思為「用～；以～」。

◎ 木（き）で机（つくえ）を作（つく）ります。

（用木頭製造桌子。）

❹ 表動作的狀態或動作的共同參與者

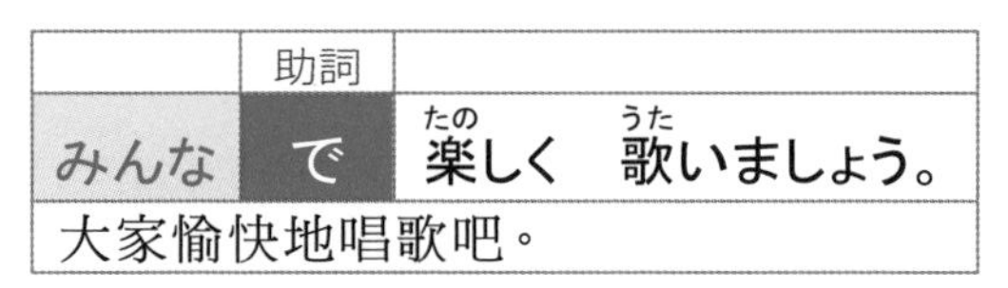

	助詞	
みんな	で	楽（たの）しく　歌（うた）いましょう。
大家愉快地唱歌吧。		

※「で」表示動作的狀態時，意思是「用～；以～」。

◎ 笑顔（えがお）であいさつします。

（以笑容打招呼。）

❺ 表原因、理由

		助詞	
きのうは	病気（びょうき）	で	休（やす）みました。
昨天因為生病，所以請假了。			

※ 意思為「因為～所以」。

◎ 電車（でんしゃ）は事故（じこ）で遅（おく）れました。

（電車因車禍事故誤點了。）

❻ 表時間、數量等的範圍限定

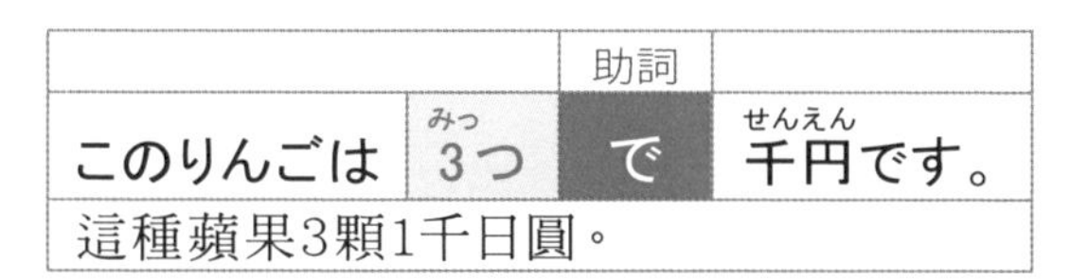

		助詞	
このりんごは	3つ（みっつ）	で	千円（せんえん）です。
這種蘋果3顆1千日圓。			

※ 「で」表範圍限定，意思為「在～以內」。

◎ レポートは一週間（いっしゅうかん）で出（だ）さなければなりません。

（報告必須一個星期內交出。）

動動手動動腦

1. 子供は熱があがっ（　）さがっ（　）するので、心配です。
　① たら/たら　② た/た　③ たり/たり　④ だり/だり

2. 橋本さんは英語（　）演説しました。
　① で　② から　③ が　④ に

3. 大学を出（　）、すぐ働きます。
　① たら　② た　③ で　④ が

4. これは5000円（　）買いました。
　① に　② で　③ が　④ を

5. 学校を卒業（　）社会へ出ました。
　① したら　② して　③ で　④ が

6. 子供は庭（　）遊んでいます。
　① たり　② で　③ が　④ へ

7. 天気が（　）、家で小説を読みます。
　① 悪い　② 悪くない　③ 悪かったら　④ 悪いたら

解答請見第192頁

重點預覽 ては（では）

動詞「て」形＋は，接續助詞用法

努力(どりょく)しなくては、何(なに)もできないよ。
不努力的話，什麼事也做不成。

將有不好的事發生

書(か)いては消(け)し、消(け)しては書(か)き直(なお)しています。
寫了又擦，擦了又重寫。

重複同一動作

接續助詞

・以て形＋「は」，連接前後文

❶ 表將有不好的事發生

	助詞	
本(ほん)を見(み)なく	ては、	答(こた)えられません。
不看書的話，就答不出來。		

※「～ては」表在某個前提下，將有不好的狀況會產生。意思為「若～就」，後多接否定或推測的語氣。

◎ 毎日(まいにち)うるさく言(い)われては、困(こま)るでしょう。
（每天老是被唸個不停，很傷腦筋吧。）

◎ 努力(どりょく)しなくては、何(なに)もできないよ。
（不努力的話，什麼事也做不成。）

說明 「～ては」在口語中常簡略說成「～ちゃ」，「～では」則說成「～じゃ」。

➡ …言(い)っては　☞ 言(い)っちゃ（說）
➡ …飲(の)んでは　☞ 飲(の)んじゃ（喝）

❷ 表同一動作的重複

	助詞			助詞		
書(か)い	ては	消(け)し、	消(け)し	ては	書(か)き直(なお)して	います。
寫了又擦，擦了又重寫。						

※ 表同一動作不斷反覆。意思為「又～又～；一～就」。

◎ 幼(おさな)いころは電車(でんしゃ)を見(み)ては喜(よろこ)んでいました。

（小時候只要一看到電車就好高興。）

重點預覽

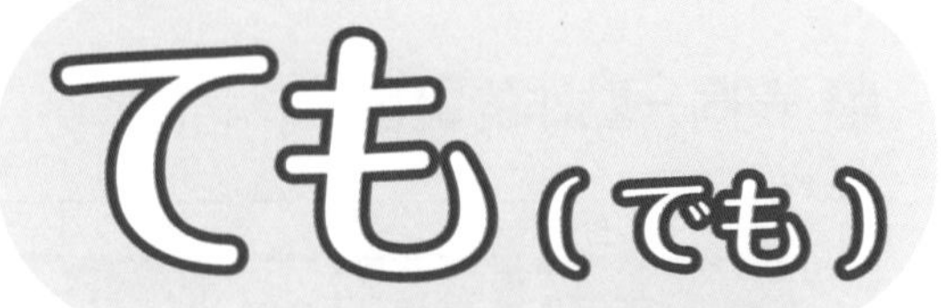

接續助詞

話（はな）しても無駄（むだ）です。
即使說也沒用。
逆接假定條件

いくら探（さが）しても、見当（みあ）たりません。
無論怎麼找都找不到。
逆接既定條件

☞ 接續用法：

な形ーな形＋でも	例：暇（ひま）	☞ 暇（ひま）でも
い形ー～~~い~~＋くても	例：おいしい	☞ おいしくても
動詞ーて形＋も	例：食（た）べて	☞ 食（た）べても

・表假定或既定逆接條件

❶ 表假定逆接條件

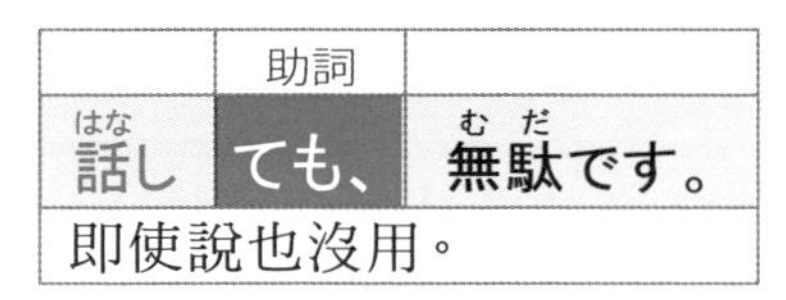

	助詞	
話(はな)し	ても、	無駄(むだ)です。
即使說也沒用。		

※ 意思為「即使～也；縱然～也」。

◎ たとえ遅(おそ)くても、10時(じゅうじ)までに帰(かえ)ります。
（假使晚歸，10 點前要回家。）

◎ いくら練習(れんしゅう)しても、上手(じょうず)になりません。
（再怎麼練習也沒進步。）

說明 慣用句型

➡ いくら… ても（無論…也）
➡ たとえ… ても（即使…也）

❷ 表既定逆接條件

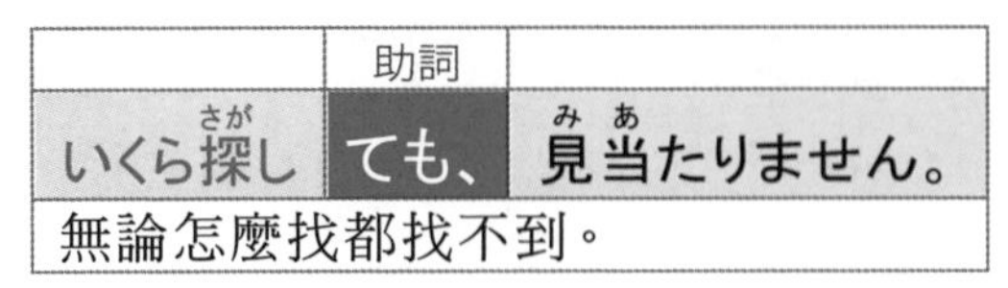

	助詞	
いくら探し（さが）	ても、	見（み）当（あ）たりません。
無論怎麼找都找不到。		

※ 意思「即使～也；縱然～也」。

說明 慣用句型

➡ いくら… ても（無論…也）

重點預覽 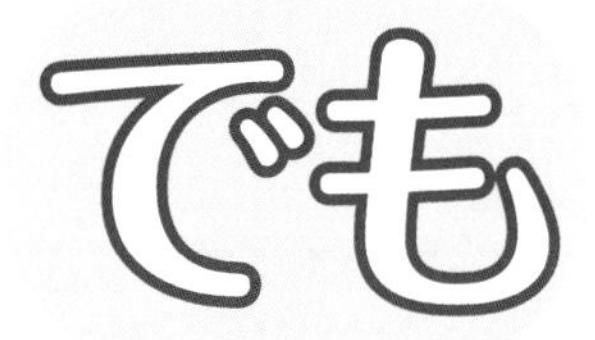

副助詞

例句	用法
どこかでコーヒーでも飲(の)みましょうか。 找個地方喝杯咖啡什麼的。	任意舉例
これは子供(こども)でも解(と)ける問題(もんだい)です。 這是連小孩都會解的問題。	極端的例子
誰(だれ)でも知(し)っています。 無論是誰都知道。	全面肯定
雨(あめ)でも試合(しあい)が行(おこな)われます。 儘管下雨，比賽還是要舉行。	超乎常情的假定逆接條件

☞☎✂☑☒✓×✋接續用法：名詞/副詞/助詞 ＋ でも

1・表各式各樣的舉例

副助詞

❶ 表任意舉例

		助詞	
どこかで	コーヒー	でも	飲（の）みましょうか。
找個地方喝咖啡什麼的吧。			

※ 意思是「譬如；或者」。

◎ けがでもしたら、大変（たいへん）ですよ。
（若是受傷什麼的就麻煩了。）

❷ 舉極端的例子，表示其他也是如此

		助詞	
これは	子供（こども）	でも	解（と）ける問題（もんだい）です。
這是連小孩都會解的問題。			

※「でも」舉出某個例子，表類推其他。意思是「就連～也」。

◎ 車（くるま）でも一時間（いちじかん）かかりますから、歩（ある）いて行（い）ったら大変（たいへん）です。
（就連開車也要花一個小時，所以走路去的話就不得了。）

❸ 搭配疑問詞，表全面肯定

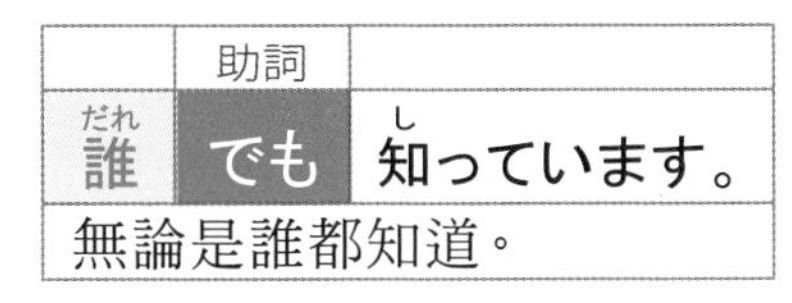

	助詞	
誰（だれ）	でも	知（し）っています。
無論是誰都知道。		

※ 意思為「無論；不管」。

◎ いつでもどうぞ。（隨時都歡迎。）

2・表超乎常情的假定逆接條件

	助詞	
雨（あめ）	でも	試合（しあい）が行（おこな）われます。
儘管下雨，比賽還是要舉行。		

※ 此項「でも」多用於表示異於一般常情。意思為「儘管～也」。

◎ ちょっとでも油断（ゆだん）したら、大変（たいへん）なことになります。
（儘管只是一些疏忽，也會出大錯。）

重點預覽

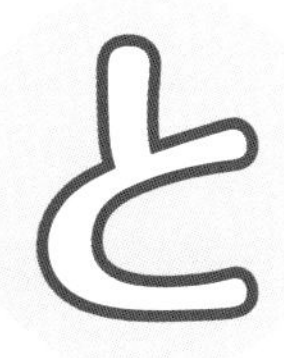

格助詞、接續助詞

両親(りょうしん)と相談(そうだん)します。
與雙親商量。
共同行動對象

中村(なかむら)さんは今日(きょう)来(く)ると思(おも)います。
我想中村先生今天會來。
引述內容

肉(にく)と野菜(やさい)を買(か)いました。
買了肉類和蔬菜。
並列

それは前(まえ)の話(はなし)と別(べつ)です。
那與之前說的不同。
比較的對象

学生(がくせい)となりました。
當了學生。
轉變的結果

年(とし)を取(と)ると、記憶力(きおくりょく)も鈍(にぶ)ります。
年紀一大，記憶力也變得差。
假定順接條件

あの角(かど)を右(みぎ)へ曲(ま)がると、銀行(ぎんこう)が見(み)えます。
在那個轉角向右轉的話，就看得到銀行。
動作的繼起

1・前接名詞或句子表示各種關係

❶ 參與行動的對象

	助詞	
両親（りょうしん）	と	相談（そうだん）します。
與雙親商量。		

※「と」表與主語一起參與行動的對象，意思為「與；跟；和」。

◎ 私（わたし）は妹（いもうと）と喧嘩（けんか）しました。

（我跟妹妹吵架。）

❷ 表引述內容

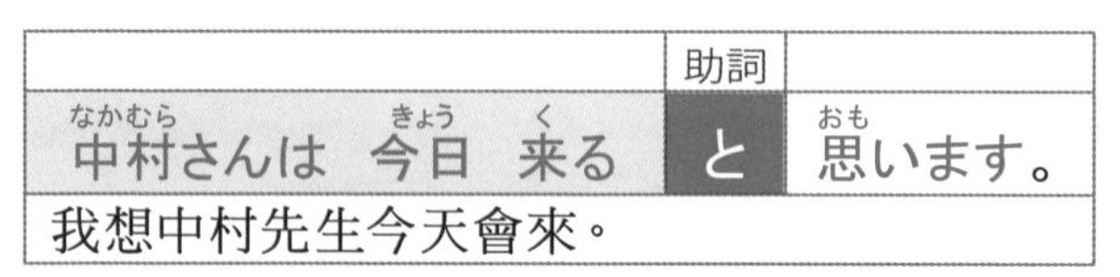

	助詞	
中村（なかむら）さんは　今日（きょう）　来（く）る	と	思（おも）います。
我想中村先生今天會來。		

※「と」表示將動作或思考等內容引述出來，前接常體形（普通形）。

◎ 彼（かれ）はいい人（ひと）だと思（おも）います。

（我覺得他是個好人。）

❸ 表並列

	助詞	
肉（にく）	と	野菜（やさい）を　買（か）いました。
買了肉類和蔬菜。		

※ 意思為「與；跟；和」。

◎ 京都（きょうと）と奈良（なら）は日本（にほん）の古都（こと）です。

（京都和奈良是日本的古都。）

❹ 表比較的對象

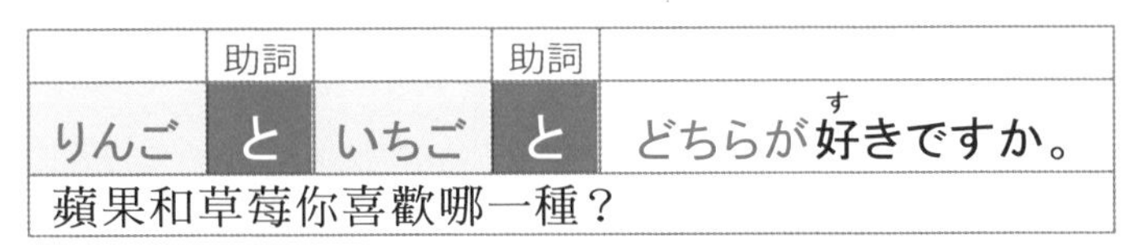

	助詞		助詞	
りんご	と	いちご	と	どちらが好（す）きですか。
蘋果和草莓你喜歡哪一種？				

※ 「と」前接比較對象。意思為「與；跟；和」。

◎ それは前（まえ）の話（はなし）と別（べつ）です。

（那與之前說的不同。）

說明 後常接下列動詞或形容詞

➡「比（くら）べる」、「違（ちが）う」、「合（あ）う」、「似（に）る」、「似合（にあ）う」、「合致（がっち）する」……

➡「同（おな）じだ」、「同様（どうよう）だ」、「別（べつ）だ」、「近（ちか）い」……

❺ 表轉變的結果或狀態

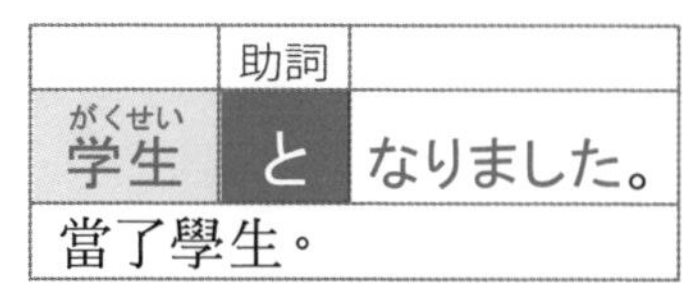

	助詞	
学生（がくせい）	と	なりました。
當了學生。		

※「と」表變化結果。意思為「成為；當；變成」。

◎ ちりも積（つ）もれば、山（やま）となる。

（積少成多。）

說明 後接動詞「なる」、「する」。

2・表條件，連接前後文

接續助詞

❶ 表假設或既定的條件

	助詞	
年(とし)を取(と)る	と、	記憶力(きおくりょく)も鈍(にぶ)ります。
年紀一大，記憶力也變差。		

※「と」表假設或既定的條件，表示如果發生前項的條件，必定出現後項的結果或現象。意思為「一～就」。

◎ 早(はや)く帰(かえ)らないと、両親(りょうしん)が心配(しんぱい)します。
（不早點回家的話，父母親會擔心。）

❷ 表動作的同時進行或繼起

	助詞	
あの角(かど)を右(みぎ)へ曲(ま)がる	と、	銀行(ぎんこう)が見(み)えます。
在那個轉角向右轉的話，就看得到銀行。		

※「と」表示兩者幾乎是同時或相繼進行的動作，前項為後項的前提或條件。

◎ 窓(まど)を開(あ)けると、涼(すず)しい風(かぜ)が吹(ふ)き込(こ)んできます。
（一開窗，涼風就吹進來。）

1. 行って（　　）、安心できません。

　① 見ない　② 見ないで　③ 見たら　④ 見なくては

2. 忙しくて休日（　　）休んでいられません。

　① で　② でも　③ に　④ では

3. 努力（　　）、何もできないよ。

　① して　② しないで　③ しなくては　④ しない

4. 今晩友達（　　）約束があります。

　① と　② は　③ で　④ に

5. 雨が（　　）やみ、（　　）やみしていました。

　① 降り　② 降った　③ 降っては　④ 降ったら

6. 今年の売り上げは去年（　　）同じです。

　① が　② で　③ も　④ と

7. 今から（　　）遅くないです。

　① へも　② がも　③ でも　④ のも

8. 授業が終わる（　　）、すぐ図書館へ行きます。

　① に　② と　③ たら　④ なら

解答請見第192頁

重點預覽 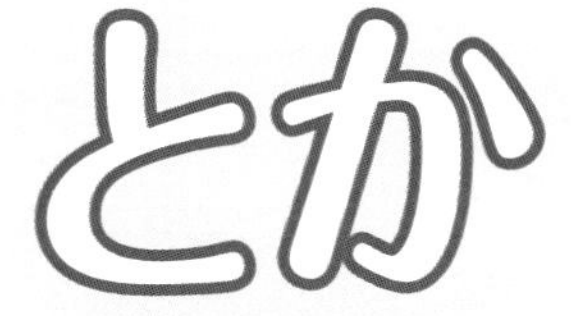

副助詞

冷蔵庫(れいぞうこ)にはすいかとか、なしとかいろいろな果物(くだもの)があります。 **列舉**

在冰箱裡有西瓜、梨子等各種水果。

部長(ぶちょう)は最近(さいきん)出張(しゅっちょう)しているとか聞(き)いています。 **不確定的內容**

聽說經理最近出差了。

・表具體列舉

❶ 表列舉

		助詞		助詞	
引(ひ)き出(だ)しには	ノート	とか	ペン	とか	が　あります。
在抽屜裡有筆記本、筆等。					

※「とか」表例示事物或動作，意思為「～或～」。「AとかBとか」等於「AやBや」的口語用法。

◎ 冷蔵庫(れいぞうこ)にはすいかとか、なしとかいろいろな果物(くだもの)があります。
（在冰箱裡有西瓜、梨子等各種水果。）

◎ 読(よ)むとか書(か)くとかはいいんですが、話(はな)すのはちょっと…。
（讀或寫還可以，但是口說就……。）

❷ 表不確定的內容

	助詞	
部長(ぶちょう)は最近(さいきん)出張(しゅっちょう)している	とか	聞(き)いています。
聽說經理最近出差。		

※「とか」表不確定的內容。意思為「好像～」。

◎ 家族(かぞく)が病気(びょうき)だとかで困(こま)っているらしいです。
（他似乎因為家人生病而擔心。）

重點預覽

接續助詞

コーヒーを飲みながら、話しています。
正在一邊喝咖啡，一邊聊天。
同時進行

私は貧乏ながら、楽しい生活を過ごしています。
我雖窮，但過著愉快的生活。
逆接語氣

接續助詞

・表同時存在兩種現象

❶ 表同一時間進行兩個動作

	助詞	
新聞(しんぶん)を読(よ)み	ながら、	ご飯(はん)を食(た)べます。
一邊看報紙，一邊吃飯。		

※「ながら」表同一時間進行兩個動作，意思為「一邊～一邊」。

◎ コーヒーを飲(の)みながら、話(はな)しています。
（正在一邊喝咖啡，一邊聊天。）

說明 接續用法
➡ 動詞ます形＋ながら　例：働(はたら)き－ます　☞ 働(はたら)きながら

❷ 表逆接語氣

	助詞	
タバコは体(からだ)に悪(わる)いと知(し)り	ながら、	やめられません。
雖知道香菸對身體不好，但就是戒不掉。		

※「ながら」表逆接語氣。意思為「雖然～但是」。

◎ 私(わたし)は貧乏(びんぼう)ながら、楽(たの)しい生活(せいかつ)を過(す)ごしています。

（我雖窮，但過著愉快的生活。）

說明 接續用法

➡ 名詞＋ながら　例：病気(びょうき)　☞ 病気(びょうき)ながら

➡ な形＋ながら　例：暇(ひま)　☞ 暇(ひま)ながら

➡ い形＋ながら　例：寒(さむ)い　☞ 寒(さむ)いながら

重點預覽 など

副助詞

朝(あさ)ごはんはいつもハンバーガーやピザなどです。
早餐一直都是漢堡、披薩之類的。
列舉其一

私(わたし)は嘘(うそ)などつきませんよ。
我可是不說謊的。
類推其他

あんな人間(にんげん)なんかと付(つ)き合(あ)いたくないよ。
我才不想跟那樣的人打交道呢。
輕蔑

こんな仕事(しごと)は私(わたし)などにはできませんよ。
如此的工作，憑我是無法勝任的。
謙遜

☞ 通俗用法：「なんか」、「なんて」

副 助詞

・表列舉、舉例

❶ 表多數中列舉其一部分

		助詞		助詞	
朝(あさ)ごはんはいつも	ハンバーガー	や	ピザ	など	です。
早餐一直都是漢堡、披薩之類的。					

※ 此用法常與助詞「や」搭配，意思是「～等；～之類」。

◎ 商店街(しょうてんがい)にはパチンコ屋(や)や花屋(はなや)や雑貨店(ざっかてん)などがあります。
（商店街裡有小鋼珠店、花店、雜貨店等。）

說明 慣用句型

➡ …や（…や）… など　參見本書 p.130

❷ 舉出一個主要例子，表類推其他也是如此

		助詞	
私(わたし)は	嘘(うそ)	など	つきませんよ。
我可是不說謊的。			

※「など」前接一個主要的例子，表示想當然爾其他也是如此之意。意思是「例如～的」。

◎ 毎日(まいにち)忙(いそが)しくて、新聞(しんぶん)など読(よ)む時間(じかん)はありません。
（每天都很忙，像是看報紙的時間都沒有。）

③ 表輕蔑、不愉快的語氣

	助詞	
あんな人間（にんげん）	なんか	と 付（つ）き合（あ）いたくないよ。
我才不想跟那樣的人打交道呢。		

※「など」前置的事物為輕蔑或不愉快的對象。含「沒什麼大不了」的語意。

◎ 納豆（なっとう）なんか臭（くさ）くて、好（す）きじゃありません。
（納豆好臭，我不喜歡。）

④ 表謙遜的語氣

		助詞	
こんな仕事（しごと）は	私（わたし）	など	には　できませんよ。
如此的工作，憑我是無法勝任的。			

※ 透過「など」對所提的人、事物表謙遜語氣。

◎ A:「日本語（にほんご）が上手（じょうず）ですね。」
（日文真好啊。）

B:「いいえ、私（わたし）なんかまだまだ勉強（べんきょう）不足（ぶそく）です。」
（不，我這樣還學的不夠。）

重點預覽 

接續助詞

あした雨なら、私は行きませんよ。
明天如果下雨的話，我就不去了。

前提假設

☞ 接續用法：

名詞－名詞＋なら	例：病気	☞ 病気なら
な形－な形＋なら	例：元気	☞ 元気なら
い形－～い＋なら	例：忙しい	☞ 忙しいなら
動詞－辭書形＋なら	例：帰る	☞ 帰るなら

・表前提假設

	助詞	
暑(あつ)い	なら、	上着(うわぎ)を脱(ぬ)いで。
如果會熱的話，就脫掉上衣。		

※「なら」表假設語氣，通常用於說話者表達主觀意見時。意思為「若是～的話；如果是～的話」。

◎ あした雨(あめ)なら、私(わたし)は行(い)きません。
（明天如果下雨的話，我就不去了。）

重點預覽 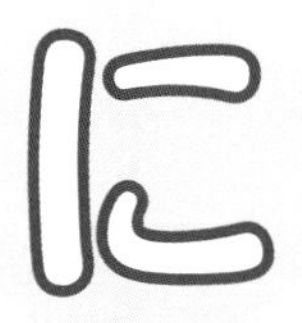

格助詞

- 電車に乗ります。
  搭電車。
  場所
- 今朝9時に出かけました。
  今天早上9點出門。
  時間
- 水が氷になります。
  水變成冰。
  變化結果
- 一日に3回薬を飲みます。
  一天吃3次藥。
  頻率、比例
- 喫茶店へコーヒーを飲みに行きます。
  去咖啡廳喝咖啡。
  目的
- 卒業のお祝いにアルバムを贈りました。
  當作畢業的賀禮，送了相簿。
  動作名義
- 1メートルは百センチに当たります。
  1公尺等於1百公分。
  基準、依據
- 田中さんは私に中国語を習いました。
  田中先生向我學中文。
  動作對象
- 昼食は焼きそばにスープです。
  午餐是炒麵和湯。
  組合、列舉

・置於名詞後表各種用法

❶ 表存在、抵達、接觸或進入的場所

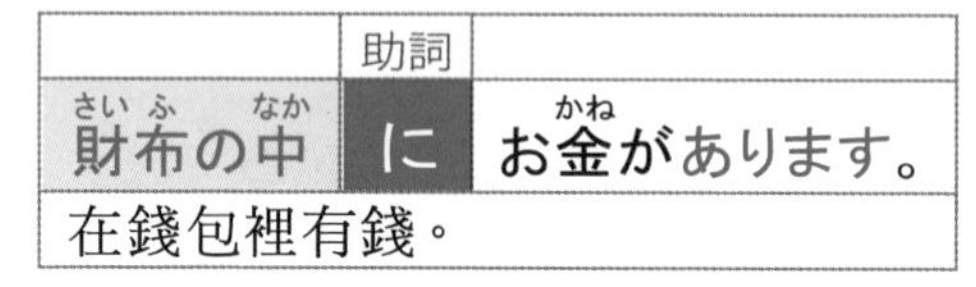

	助詞	
財布(さいふ)の中(なか)	に	お金(かね)があります。
在錢包裡有錢。		

〈存在的場所〉

※ 此項「に」的意思為「在」。

◎ りんごは冷蔵庫(れいぞうこ)にあります。
（蘋果在冰箱裡。）

		助詞	
電車(でんしゃ)が	駅(えき)	に	着(つ)きました。
電車到達車站了。			

〈動作到達的場所〉

※ 此項「に」的意思是「到達」。

◎ きのう気温(きおん)が３８(さんじゅうはち)度(ど)に達(たっ)しました。
（昨天氣溫高達 38 度。）

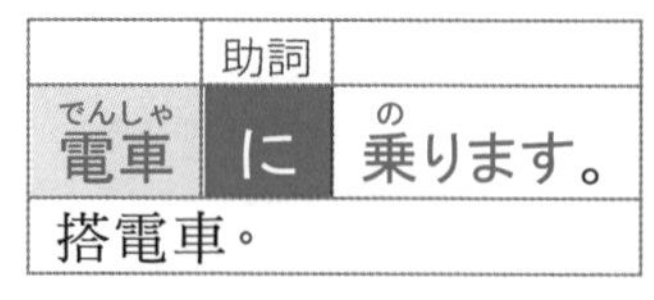

	助詞	
電車(でんしゃ)	に	乗(の)ります。
搭電車。		

〈接觸或進入的場所〉

※ 此項「に」依句子內容，意思分別有「進入；搭乘；在」等。

◎ 去年(きょねん)大学(だいがく)に入(はい)りました。
（去年進入大學。）

❷ 表動作發生的時間

		助詞	
今朝(けさ)	9時(くじ)	に	出(で)かけました。
今天早上9點出門。			

※「に」表時間，意思為「在；於」。

◎ 暗(くら)くないうちに、早(はや)く家(いえ)へ帰(かえ)りましょう。
（趁天未黑時快回家吧。）

❸ 表變化的結果

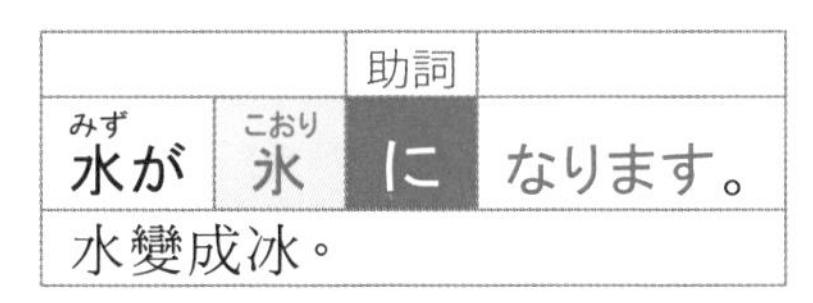

		助詞	
水(みず)が	氷(こおり)	に	なります。
水變成冰。			

※「に」表變化，意思為「變為～；當～」。

◎ 息子(むすこ)が弁護士(べんごし)になりました。
（兒子當了律師。）

❹ 表頻率、次數、比例

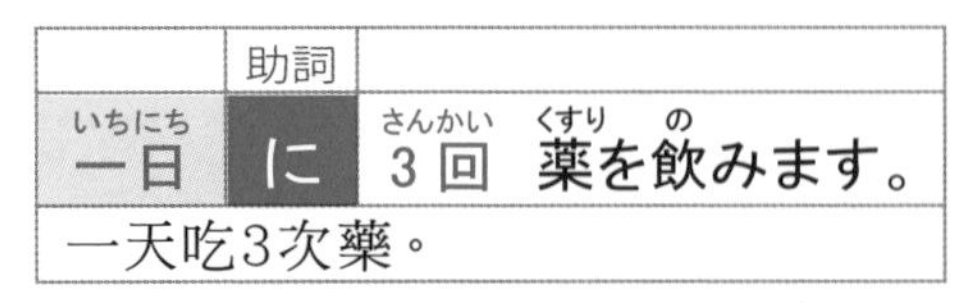

	助詞	
一日	に	3回　薬を飲みます。
一天吃3次藥。		

※「に」表示頻率、次數，意指在（某個時間內）某事發生的次數。

◎ 年に2回海外旅行に行きます。
（一年到國外旅行兩次。）

❺ 表目的

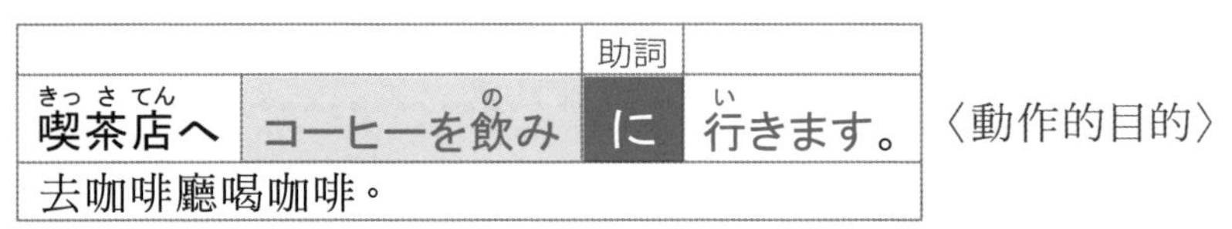

		助詞	
喫茶店へ	コーヒーを飲み	に	行きます。
去咖啡廳喝咖啡。			

〈動作的目的〉

※ 句中的「コーヒーを飲みます」（喝咖啡）即為目的，藉由「に」表示。有「到某地做什麼事」的語意。

◎ 車で空港まで友達を迎えに行きます。
（開車到機場接朋友。）

說明 「に」前面要接「V-ます形」；但若是「結婚」、「実習」、「勉強」、「買い物」等本身就含動作意義的名詞時，則直接接在「に」前面。

例：映画を見ます ＋ 行きます　☞ 映画を見に行きます
例：買い物です　＋ 行きます　☞ 買い物に行きます

		助詞		
この辞書(じしょ)は	日本語(にほんご)の勉強(べんきょう)	に	使(つか)います。	〈使用目的〉
這本字典用來學習日文。				

※「に」前接的名詞即表目的。表「主詞為用來做～的」的語意。

◎ このお金(かね)は旅行(りょこう)に使(つか)います。
（這筆錢要用來旅行。）

◎ ペンは字(じ)を書(か)くのに使(つか)います。
（筆是用來寫字。）

說明 接續用法
- ➡ 名詞＋に
- ➡ 動詞辭書形＋の＋に

❻ 表動作的名義

	助詞	
卒業(そつぎょう)のお祝(いわ)い	に	アルバムを贈(おく)りました。
當作畢業的賀禮，送了相簿。		

※「に」表動作的名義，意思為「當作；作為」。

◎ 旅行(りょこう)の思(おも)い出(で)に、たくさん写真(しゃしん)を撮(と)りました。
（作為旅行的紀念，所以拍了很多照片。）

❼ 表比較的基準、依據

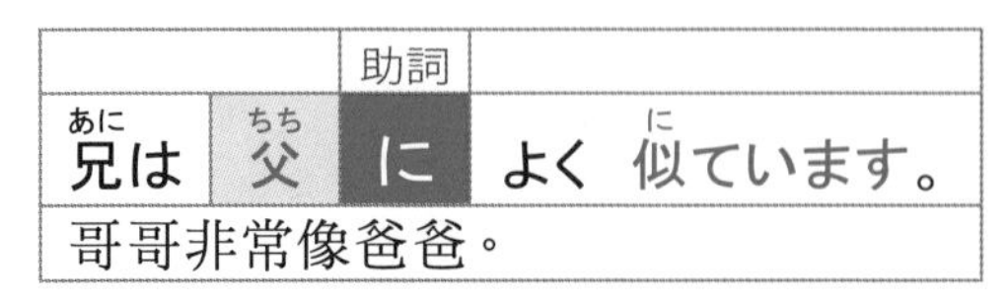

		助詞	
兄(あに)は	父(ちち)	に	よく 似(に)ています。
哥哥非常像爸爸。			

※「に」前面的名詞為比較的基準。

◎ 1(いち)メートルは百(ひゃく)センチに当(あ)たります。

（1 公尺等於 1 百公分。）

❽ 表動作的對象

	助詞	
大村(おおむら)さん	に	電話(でんわ)をかけました。
給大村先生打了電話。		

〈接受動作的對象〉

※ 句中的「に」表接受動作的對象，含「對（某人、事物）做（某事）」的語意。

◎ コーヒーに砂糖(さとう)を入(い)れました。

（在咖啡裡加了砂糖。）

此項用法建議參考本系列《口訣式日語動詞》p.142

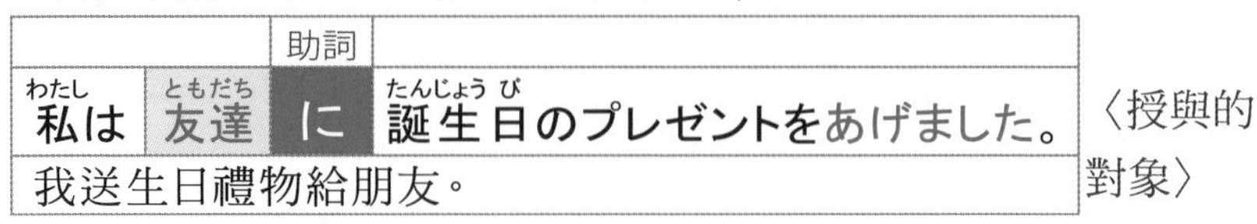

		助詞	
私(わたし)は	友達(ともだち)	に	誕生日(たんじょうび)のプレゼントをあげました。
我送生日禮物給朋友。			

〈授與的對象〉

※「に」前面的名詞為授與動作的對象。

◎ 田中(たなか)さんは私(わたし)に中国語(ちゅうごくご)を習(なら)いました。

（田中先生向我學中文。）

◎ 私（わたし）は田中（たなか）さんに中国語（ちゅうごくご）を教（おし）えました。

（我教田中先生中文。）

此項用法建議參考本系列《口訣式日語動詞》p.119

		助詞		
先生（せんせい）は	生徒（せいと）	に	作文（さくぶん）を書（か）かせます。	〈使役的對象〉
老師讓學生寫作文。				

※「に」前接使役的對象。意思為「主詞讓某人做某事；主詞要某人做某事」。

◎ 母（はは）は妹（いもうと）にピアノを習（なら）わせます。

（媽媽要妹妹學鋼琴。）

此項用法建議參考本系列《口訣式日語動詞》p.109

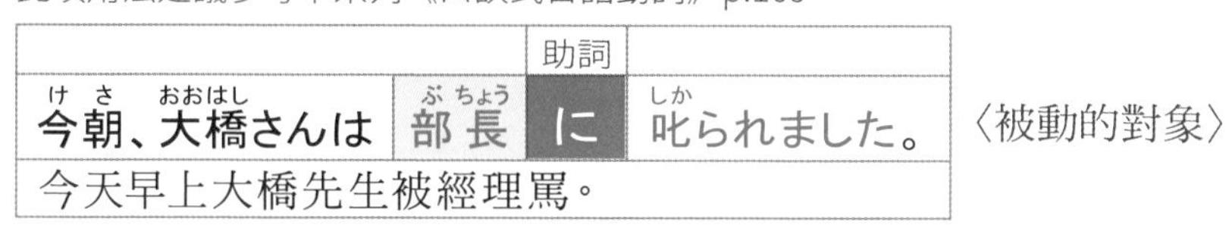

		助詞		
今朝（けさ）、大橋（おおはし）さんは	部長（ぶちょう）	に	叱（しか）られました。	〈被動的對象〉
今天早上大橋先生被經理罵。				

※「に」前接被動式的主體（如上句的「部長」）。意思為「主詞被某人…」。

◎ 子供（こども）のときはよく両親（りょうしん）にほめられました。

（孩童的時候常被父母親稱讚。）

❾ 表組合或列舉

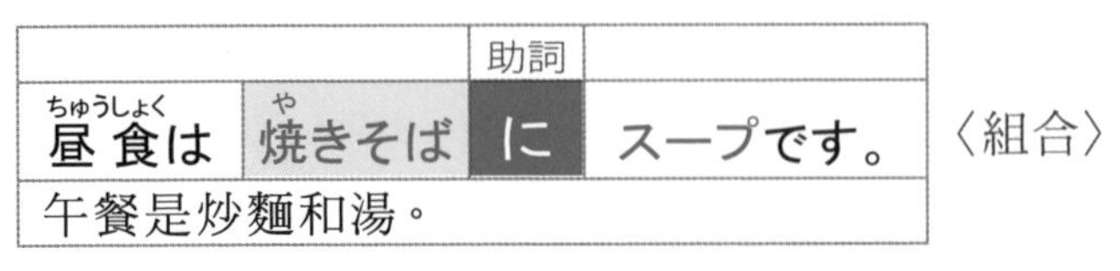

		助詞	
昼食（ちゅうしょく）は	焼（や）きそば	に	スープです。
午餐是炒麵和湯。			

〈組合〉

※「に」表組合或列舉，意思為「含」。

◎ メニューには、サンドイッチにハンバーガーにトーストに飲（の）み物（もの）もあります。〈表列舉〉

（菜單裡含有三明治、漢堡、吐司和飲料。）

1. 私は知らない人(　　)荷物をとられました。

① が　② に　③ で　④ も

2. あなたが行く(　　)、私も行きますよ。

① なり　② たり　③ ながら　④ なら

3. 小鳥は木の枝(　　)止まりました。

① ながら　② で　③ など　④ に

4. 食事の後でお茶(　　)いかがですか。

① など　② ながら　③ で　④ の

5. おいしい(　　)、おいしくない(　　)何とか言ってよ。

① が/が　② と/と　③ か/か　④ とか/とか

6. 子供は(　　)、眠ってしまいました。

① 泣き　② 泣いたら　③ 泣きながら　④ 泣く

7. みんな応援(　　)来てください。

① に　② し　③ で　④ も

8. 社会(　　)奉仕します。

① で　② に　③ を　④ から

解答請見第192頁

重點預覽

格助詞

雨の降る日です。
下雨的日子。
取代が，表修飾節主語

あれは経済の本です。
那是經濟的書。
屬性

机の下に猫がいます。
在桌子的下方有貓。
位置關係

友達の佐藤さんが今晩来ます。
我的朋友佐藤先生今晚要來。
同位格

この万年筆は大橋さんのです。
這枝鋼筆是大橋先生的（鋼筆）。
省略名詞

ギターを弾くのは楽しいです。
彈吉他（一事）是很快樂的。
感受

この辞書は漢字を勉強するのに便利です。
這本字典用來學漢字很方便。
代替ため

小鳥が飛んでいるのが見えます。
可以看得見小鳥在飛翔（的景象）。
狀況

どうして行かないのですか。
為什麼不去呢？
關心、詢問的語氣

1・連接名詞和名詞，做修飾

❶ 取代主格助詞「が」，表示修飾節主語

主詞	助詞	連體修飾
雨(あめ)	が	降(ふ)る 日(ひ)
	⬇	
雨(あめ)	の	降(ふ)る 日(ひ)
下雨的日子。		

※ 如上例，述語為連體修飾時，主格助詞「が」可以被「の」取代。

◎ 背(せ)が高(たか)い人(ひと)➡背(せ)の高(たか)い人(ひと)。（身高高的人。）

◎ 技術(ぎじゅつ)が進(すす)んでいる国(くに)➡技術(ぎじゅつ)の進(すす)んでいる国(くに)
（技術進步的國家。）

❷ 表所有、所屬或屬性

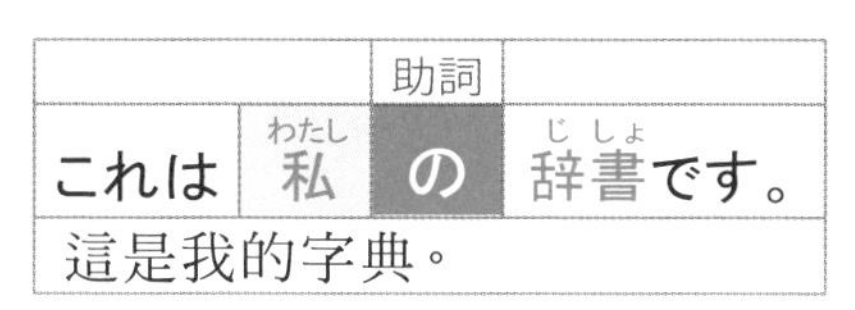

		助詞	
これは	私(わたし)	の	辞書(じしょ)です。
這是我的字典。			

※「の」表所有、所屬或屬性。意思為「～的」。

◎ あれは経済(けいざい)の本(ほん)です。（那是經濟的書。）

❸ 表位置關係

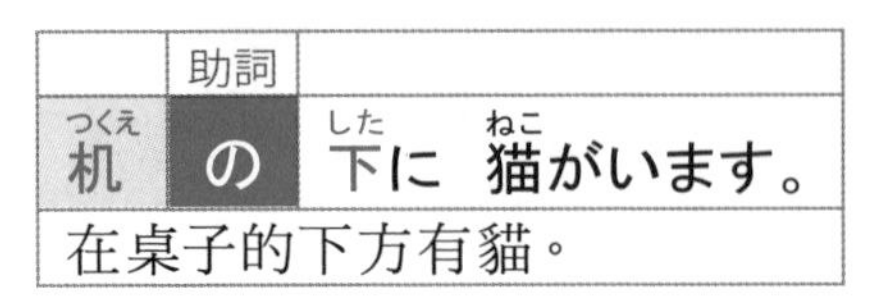

	助詞	
机(つくえ)	の	下(した)に　猫(ねこ)がいます。
在桌子的下方有貓。		

※「の」表位置。意思為「在～的（方向、位置）」。

◎ 大学(だいがく)の前(まえ)に新(あたら)しいコンビニができました。

（在大學前開了一家新的便利商店。）

❹ 表同位格

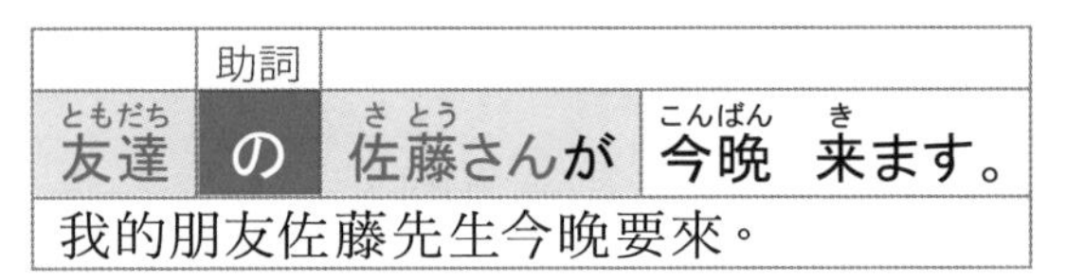

	助詞		
友達(ともだち)	の	佐藤(さとう)さんが	今晩(こんばん)　来(き)ます。
我的朋友佐藤先生今晚要來。			

※「の」前後指的名詞是同一個人（友達＝佐藤さん）。

◎ 妹(いもうと)の良子(よしこ)は今(いま)田舎(いなか)にいます。（妹(いもうと)＝良子(よしこ)）

（我妹妹良子現在在鄉下。）

格助詞

2・當形式名詞

❶ 省略名詞

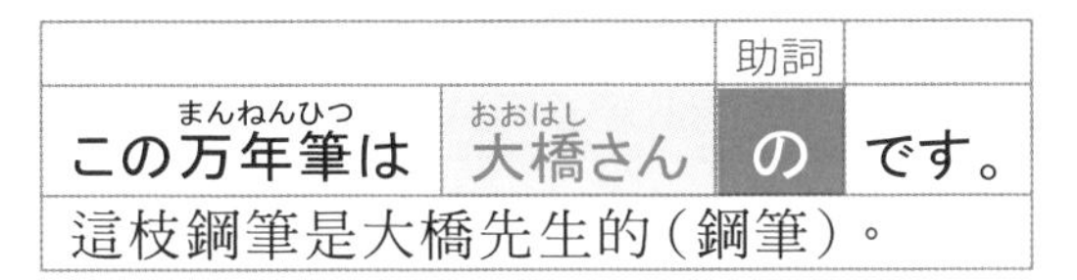

		助詞	
この万年筆(まんねんひつ)は	大橋(おおはし)さん	の	です。
這枝鋼筆是大橋先生的（鋼筆）。			

※ 上句中的「の」後方省略了主詞中的「万年筆」（鋼筆）。

◎ その小銭入(こぜにい)れは山田(やまだ)さんのです。
（那個零錢包是山田小姐的。）

❷ 代替表感受、看法、興趣、喜好等句型中的「こと」

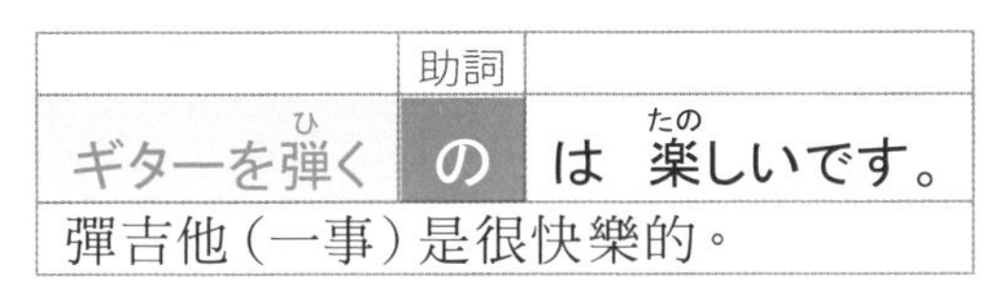

	助詞	
ギターを弾(ひ)く	の	は 楽(たの)しいです。
彈吉他（一事）是很快樂的。		

※ 「の」在此取代了表感受的句型中的「こと」（～事）。

◎ 一人(ひとり)で旅行(りょこう)するのはつまらないよ。
（一個人旅行是很無聊的。）

説明 表示對做某事的感受或看法的句型

➡ ～動詞＋ こと は…です。
（の）

❸ 代替形式名詞「ため」（為了）

		助詞	
ドリルは	穴を開ける	の	に 使います。
鑽孔機是用來鑽孔的。			

※「の」取代「ため」，用以表示目的。

◎ この辞書は漢字を勉強するのに便利です。

（這本字典用來學漢字很方便。）

說明 接續用法

➡ 動詞常體形（普通形）＋の　例：書くの、書かないの

❹ 表狀況

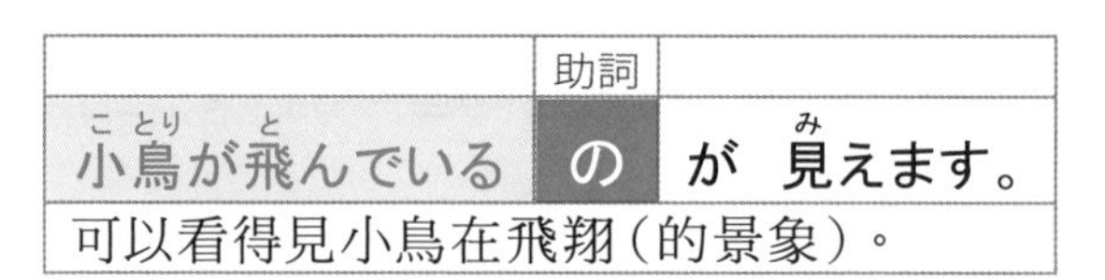

	助詞	
小鳥が飛んでいる	の	が 見えます。
可以看得見小鳥在飛翔（的景象）。		

※「の」表狀況，後接感官動詞「見える」、「聞こえる」……。

◎ 子供の泣いているのが聞こえます。

（聽得見小孩哭的聲音。）

格助詞

3・表關心、詢問原因等語氣

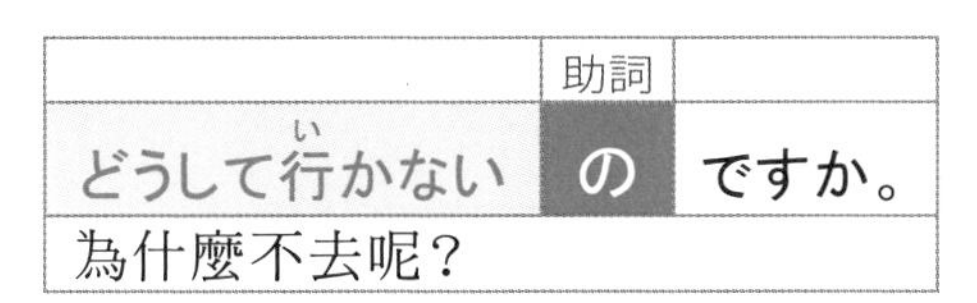

	助詞	
どうして行(い)かない	の	ですか。
為什麼不去呢？		

※ 上句中的「の」表詢問原因的語氣。口語中用「ん」。

◎ この靴(くつ)はどこで買(か)ったのですか。

（這雙鞋在哪裡買的？）

說明 接續用法

➡ 常體形（普通形）＋の

➡ 但是【名詞／な形】的現在式【名詞だ／な形だ】則要去掉「だ」後，接「な」＋「の」。

例：いい天気(てんき)だ ☞ いい天気(てんき)なのです

重點預覽 

接續助詞

日曜日(にちようび)なので、学校(がっこう)は休(やす)みです。
因為是星期天，所以學校休息。
客觀理由

風邪(かぜ)を引(ひ)いたので、一日(いちにち)休(やす)ませていただけませんか。
因為感冒，可以讓我休息一天嗎？
委婉陳述理由

☞ 接續用法：

名詞－名詞＋な＋ので	例：いい天気(てんき)	☞ いい天気(てんき)なので
な形－な形＋な＋ので	例：元気(げんき)	☞ 元気(げんき)なので
い形－～い＋ので	例：忙(いそが)しい	☞ 忙(いそが)しいので
動詞－常體形(普通形)＋ので	例：行(い)く	☞ 行(い)くので

・表理由、原因

❶ 表客觀的理由、原因

	助詞	
日曜日(にちようび)な	ので、	学校(がっこう)は休(やす)みです。
因為是星期天，所以學校休息。		

※「ので」表原因、理由，意思為「因為～所以」。表說話者將一般人都了解的客觀或實際狀況當作原因或理由。

◎ 最近(さいきん)、雨(あめ)がよく降(ふ)っているので、あまり出(で)かけません。
（最近因為經常下雨，所以不太出門。）

❷ 表委婉地陳述理由

	助詞	
風邪(かぜ)を引(ひ)いた	ので、	一日(いちにち)休(やす)ませていただけませんか。
因為感冒，可以讓我休息一天嗎？		

※「ので」表以委婉的語氣陳述原因、理由。意思為「因為～所以」。

◎ 新米(しんまい)でよくわからないので、どうぞよろしくお願(ねが)いします。
（因為是新手不懂，請多多指教。）

重點預覽 のに

接續助詞

彼(かれ)はお金(かね)がないのに、贅沢(ぜいたく)をしている。
他沒錢，卻又很浪費。

矛盾不滿語氣

☞ 接續用法：

名詞－名詞＋な＋のに	例：いい天気(てんき)	☞ いい天気(てんき)なのに
な形－な形＋な＋のに	例：丈夫(じょうぶ)	☞ 丈夫(じょうぶ)なのに
い形－～い＋のに	例：安(やす)い	☞ 安(やす)いのに
動詞－常體形(普通形)＋のに	例：教(おし)えた	☞ 教(おし)えたのに

接續助詞

・表矛盾不滿的語氣

	助詞	
何度(なんど)も練習(れんしゅう)した	のに、	なかなか上手(じょうず)になりません。
雖然練習了好幾次，但就是無法更好。		

※「のに」表逆接語氣，意思是「竟然；雖然～但是」。後項是出乎意料或不合常理的結果。

◎ 彼(かれ)はお金(かね)がないのに、贅沢(ぜいたく)をしている。
（他沒錢，卻又很浪費。）

動動手動動腦

1. 私は東京商事(　　)山田ですが。

　① が　　② の　　③ で　　④ に

2. 人の物(　　)、無断で使ってはいけません。

　① だので　　② のに　　③ の　　④ なので

3. ナイフとフォークはステーキを食べる(　　)に便利です。

　① が　　② の　　③ も　　④ を

4. 何回も聞いた(　　)、覚えられません。

　① ので　　② のに　　③ の　　④ で

5. 映画を見る(　　)が好きです。

　① が　　② ので　　③ の　　④ のに

6. 私は性格(　　)いい人が好きです。

　① は　　② の　　③ を　　④ に

7. 体が丈夫(　　)、働きません。

　① なのに　　② ので　　③ のに　　④ なので

8. 高校生(　　)佐藤さんはよく勉強しています。

　① の　　② も　　③ が　　④ に

解答請見第192頁

重點預覽 

副助詞

雪(ゆき)は白(しろ)いです。
雪是白的。

提示主語

ピアノは弾(ひ)けますが、バイオリンは弾(ひ)けません。
會彈鋼琴，但不會拉小提琴。

對比的對象

いつも遅(おそ)く帰(かえ)るので、今日(きょう)は早(はや)く帰(かえ)ります。
總是很晚才回家，今天可要早點回去。

強調語氣

・表提示強調

❶ 表提示主語

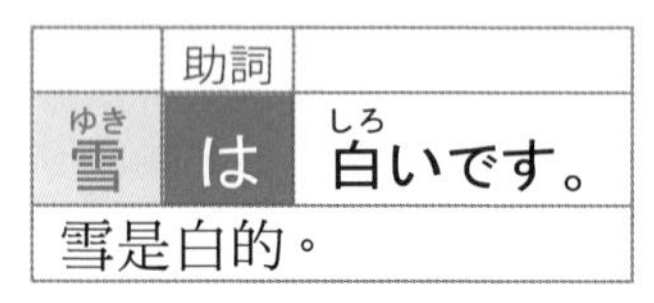

	助詞	
雪(ゆき)	は	白(しろ)いです。
雪是白的。		

※「は」表提示整個句子的主語，無字面意義。

◎ 山田(やまだ)さんは優(やさ)しい人(ひと)です。
（山田先生是個體貼的人。）

◎ 日本(にほん)は物価(ぶっか)が高(たか)いです。
（日本物價高。）

❷ 表對比的對象

	助詞			助詞	
コーヒー	は	飲(の)みますが、	お茶(ちゃ)	は	飲(の)みません。
喝咖啡但是不喝茶。					

〈對比句〉

※「は」前面放的就是用以對比的對象。意思為「～但～」。

對照

	助詞			助詞	
コーヒー	を	飲(の)みますが、	お茶(ちゃ)	を	飲(の)みません。
喝咖啡但是不喝茶。					

〈一般句〉

◎ ピアノは弾(ひ)けますが、バイオリンは弾(ひ)けません。

（會彈鋼琴，但不會拉小提琴。）

❸ 表強調語氣

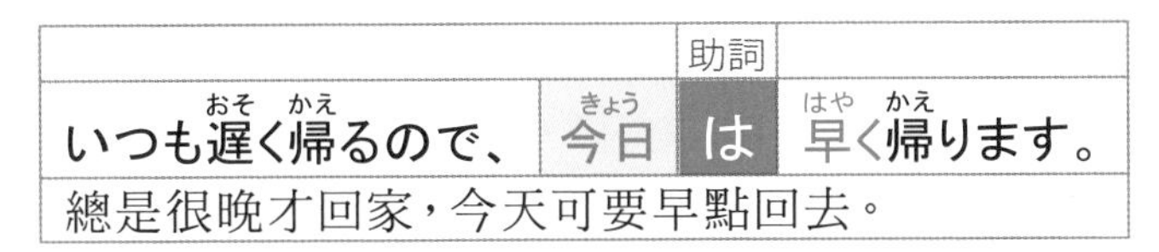

		助詞	
いつも遅(おそ)く帰(かえ)るので、	今日(きょう)	は	早(はや)く帰(かえ)ります。
總是很晚才回家，今天可要早點回去。			

※「は」表強調語氣，原則上沒有「は」也不影響句子結構。

◎ ここには荷物(にもつ)を置(お)かないで。

（這裡請不要放行李。）

◎ 海外(かいがい)へは行(い)きません。

（就是不去國外。）

重點預覽 ば

接續助詞

すぐ行け(い)ば、間(ま)に合(あ)います。
假如馬上去的話，就來得及。
假設語氣

春(はる)になれば、桜(さくら)の花(はな)が咲(さ)きます。
一到春天的話，櫻花就會開。
真理條件

私(わたし)はピアノも弾(ひ)けば、バイオリンも弾(ひ)きます。
我也彈鋼琴，也拉小提琴。
並列

北(きた)へ行(い)けば、行(い)くほど寒(さむ)くなります。
越往北就越冷。
慣用句型

薬(くすり)さえ飲(の)めば、病気(びょうき)が治(なお)ります。
只要吃藥病就會好。
慣用句型

※「ば形」變化詳細請參考本系列《口訣式日語動詞》p.72-77

1・連接前後文表條件

接續助詞

❶ 表假設語氣

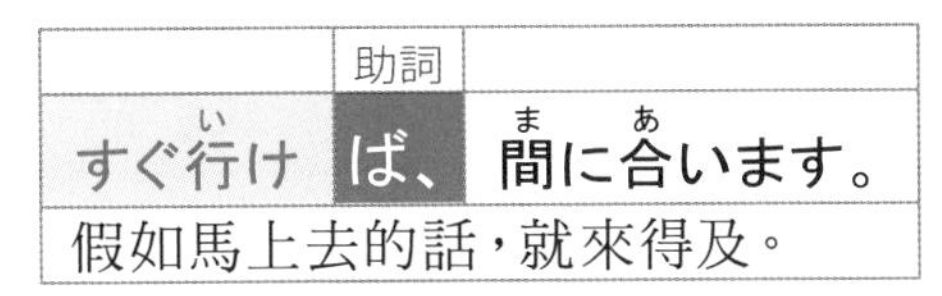

	助詞	
すぐ行(い)け	ば、	間(ま)に合(あ)います。
假如馬上去的話，就來得及。		

※「ば」表假設語氣，意思為「假如～就」。

◎ たくさんお金(かね)があれば、世界旅行(せかいりょこう)に行(い)きたいです。
（如果有很多錢的話，我想去世界旅行。）

❷ 表一般真理、自然條件、諺語或推理上的關係

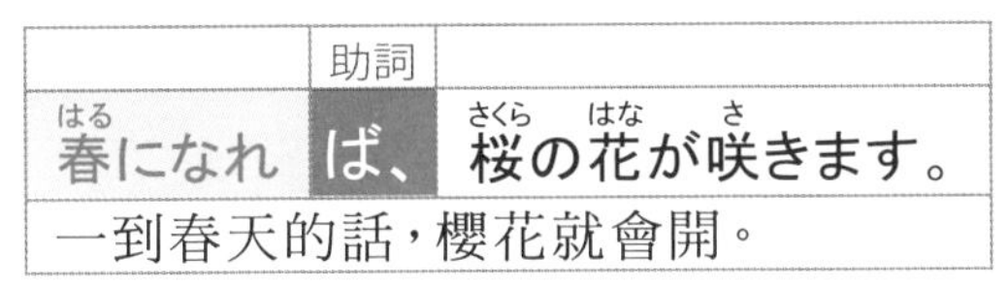

	助詞	
春(はる)になれ	ば、	桜(さくら)の花(はな)が咲(さ)きます。
一到春天的話，櫻花就會開。		

※「ば」用於表一般真理、自然條件、諺語或推理上的關係上，意思為「一～就」、「只要～就」。

◎ よく練習(れんしゅう)すれば、上手(じょうず)になります。
（只要常練習的話，就會變得更好。）

◎ 噂(うわさ)をすれば、影(かげ)。
（說曹操，曹操到。）

接續助詞

2・表並列

		助詞	
私(わたし)は	ピアノも弾(ひ)け	ば、	バイオリンも弾(ひ)きます。
我也彈鋼琴，也拉小提琴。			

※「ば」表並列，意思為「～也～也；～又～又」。

◎ 彼女(かのじょ)は英語(えいご)もできれば、フランス語(ご)もできます。
（她既會英文，也會法文。）

說明 慣用句型

➡ ～も… **ば** 、～も…

3・其他慣用句型

接續助詞

❶ 越～就越…

		助詞			
北(きた)へ	行(い)け	ば	行(い)く	ほど	寒(さむ)くなります。
越往北就越冷。					

◎ 勉強(べんきょう)すればするほど、心(こころ)が豊(ゆた)かになります。

（越讀書就越能豐富心靈。）

說明 慣用句型

➡ V－ば 、V－る ほど … 參見本書 p.121

❷ 只要～就

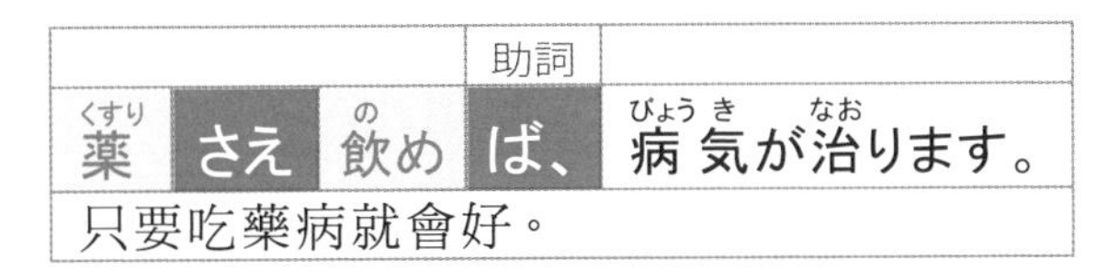

			助詞	
薬(くすり)	さえ	飲(の)め	ば、	病気(びょうき)が治(なお)ります。
只要吃藥病就會好。				

◎ 暇(ひま)さえあれば、必(かなら)ず連絡(れんらく)します。

（只要有空一定會聯絡。）

說明 常見用法

➡ 名詞＋さえ……ば　例：これさえあれば…（只要有這個…）

➡ 動詞ます形＋さえ すれば　例：練習(れんしゅう)しさえすれば…（只要練習…）

重點預覽 

副助詞

本（ほん）を二（に）、三冊（さんさつ）ばかり借（か）りたいです。
我想借兩三本書。
大概程度

ご飯（はん）ばかり食（た）べないで。
別光只吃白飯。
限定

きのう日本（にほん）に来（き）たばかりです。
昨天剛到日本。
動作剛完成

ばかり

副助詞

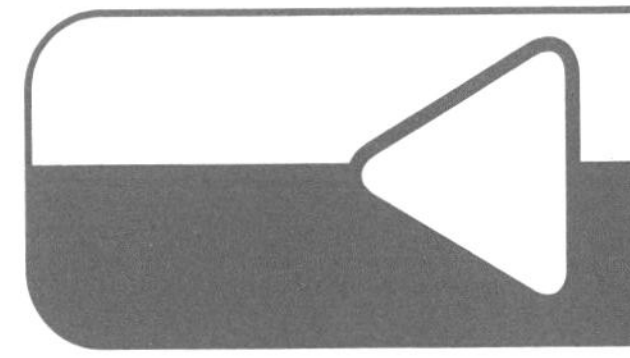

・表程度、範圍等

❶ 表大概的程度

		助詞	
本（ほん）を	二（に）、三冊（さんさつ）	ばかり	借（か）りたいです。
我想借兩三本書。			

※「數量詞＋ばかり」表大概的程度，意思「大約；左右」。

◎ 十分（じゅっぷん）ばかり待（ま）ってください。　（請等個十分鐘左右。）

❷ 限定事物或動作的範圍

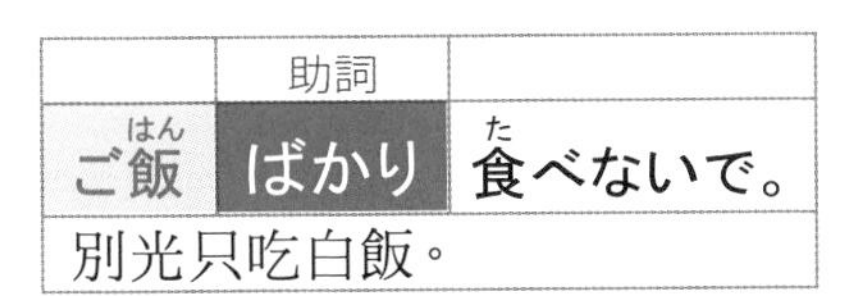

	助詞	
ご飯（はん）	ばかり	食（た）べないで。
別光只吃白飯。		

※「ばかり」表限定事物或動作範圍，排除其他的事物或動作。意思為「光～；只～」。

◎ 毎日（まいにち）、遊（あそ）んでばかりいます。　（每天光只是玩。）

說明 接續用法

➡ 名詞＋ばかり　（光只有…）

➡ 動詞て形＋ばかり いる　（只是做…）

❸ 表動作剛剛完成

		助詞	
きのう日本（にほん）に	来（き）た	ばかり	です。
昨天剛到日本。			

※「V-た＋ばかり」表說話者感覺某事剛剛結束不久的敘述，意思為「剛（完成某事）」。

◎ 先月（せんげつ）、この会社（かいしゃ）に入（はい）ったばかりです。

（上個月剛進這家公司。）

重點預覽

格助詞

あした東京(とうきょう)から北海道(ほっかいどう)へ出発(しゅっぱつ)します。
明天從東京出發去北海道。
動作方向

決勝戦(けっしょうせん)へ進(すす)みます。
進入決賽。
到達點

友達(ともだち)へのプレゼントを買(か)いたいです。
想買要給朋友的禮物。
授與對象

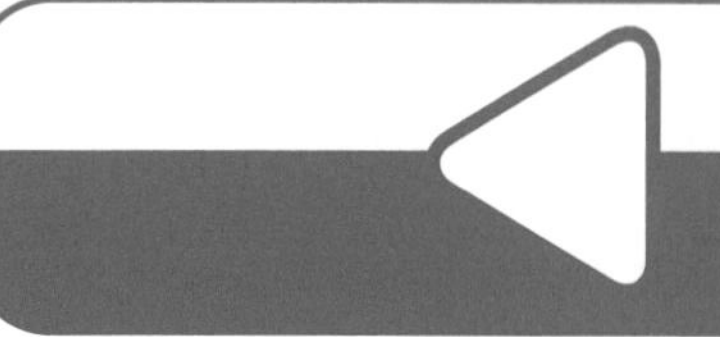

へ・表方向性

格助詞

❶ 表動作的方向或場所

		助詞	
あした 東京(とうきょう)から	北海道(ほっかいどう)	へ	出発(しゅっぱつ)します。
明天從東京出發去北海道。			

※ 意思為「往；向」。有時會與表示起點的「から」一起出現。

◎ 会社(かいしゃ)へ行(い)く途中(とちゅう)、コンビニに寄(よ)りました。

（要去公司的途中，順便繞道到便利商店。）

❷ 表動作的到達點

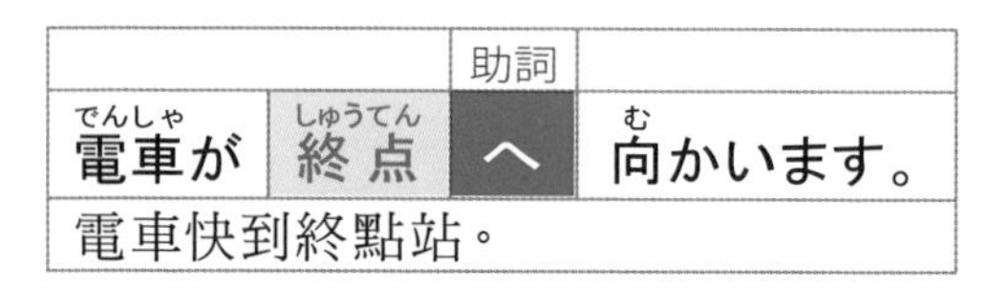

		助詞	
電車(でんしゃ)が	終点(しゅうてん)	へ	向(む)かいます。
電車快到終點站。			

◎ 決勝戦(けっしょうせん)へ進(すす)みます。

（進入決賽。）

❸ 表動作授與的對象

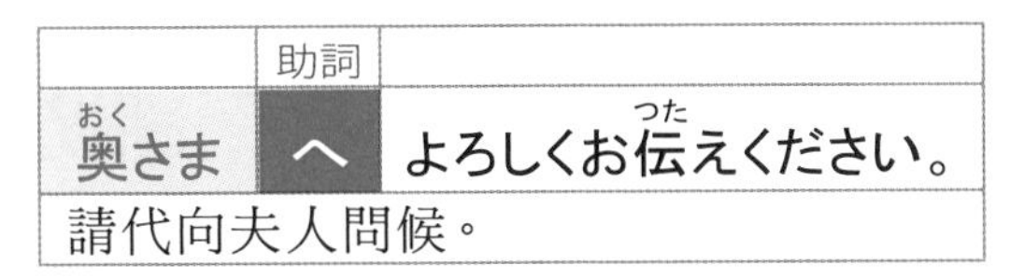

	助詞	
奥(おく)さま	へ	よろしくお伝(つた)えください。
請代向夫人問候。		

※ 意思為「跟；向；給」。

◎ 友達(ともだち)へのプレゼントを買(か)いたいです。

（想買要給朋友的禮物。）

重點預覽 ほど

副助詞

レポートは半分（はんぶん）ほど書（か）き上（あ）げました。
報告大概寫好一半了。
大概數量

泣（な）きたいほどびっくりしました。
驚嚇到快哭出來（的程度）。
狀態程度

❶ 表大概的數量程度

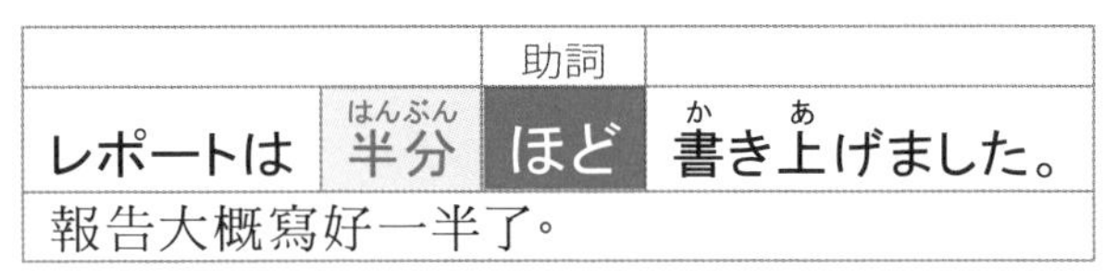

		助詞	
レポートは	半分(はんぶん)	ほど	書(か)き上(あ)げました。
報告大概寫好一半了。			

※「數量詞＋ほど」表大概的程度或數量，意思為「大約」。

◎ 病気(びょうき)で三日(みっか)ほど会社(かいしゃ)を休(やす)みました。
（因為生病，向公司請了大約三天假。）

❷ 表動作或狀態的程度

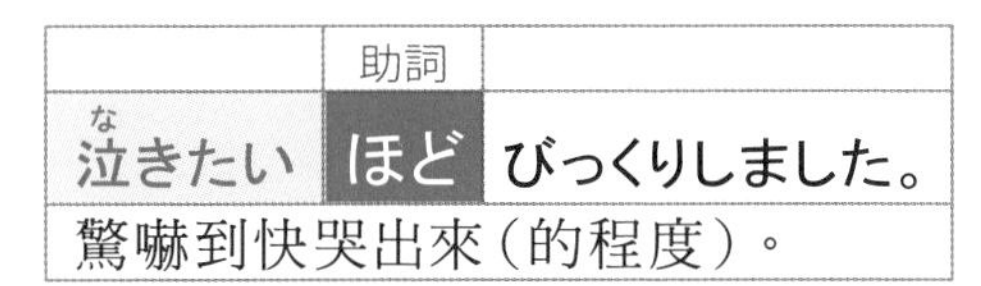

	助詞	
泣(な)きたい	ほど	びっくりしました。
驚嚇到快哭出來（的程度）。		

※「ほど」表動作或狀態的程度，意思為「約為」。

◎ 長(なが)さは肩幅(かたはば)ほどです。
（長度約是肩寬。）

◎ 今年(ことし)の夏(なつ)は去年(きょねん)ほど暑(あつ)くなかったです。
（今年的夏天沒有去年那麼熱。）

說明 慣用句型

➡ … ほど ～ません　（沒有比…更～）

➡ V－ば 、V－る ほど …　（越…就越…）　參見本書 p.113

重點預覽 まで

副助詞

新宿(しんじゅく)までバスに乗(の)って、電車(でんしゃ)に乗(の)り換(か)えてください。
請搭公車到新宿，再轉搭電車。
終點

子供(こども)にまで馬鹿(ばか)にされます。
甚至還被小孩欺負。
極端程度

・表示終點、極端程度

❶ 表行為動作的終點或限度

	助詞	
夜中(よなか)の3時(さんじ)	まで	小説(しょうせつ)を読(よ)みました。
看小說看到了半夜3點。		

※「まで」表行為動作的終點或限度，意思為「到；至」。

◎ 新宿(しんじゅく)までバスに乗(の)って、電車(でんしゃ)に乗(の)り換(か)えてください。
（請搭公車到新宿，再轉搭電車。）

❷ 表極端的狀態或程度

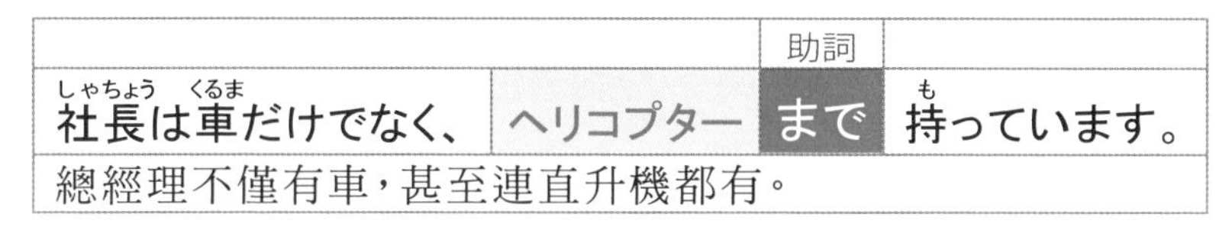

		助詞	
社長(しゃちょう)は車(くるま)だけでなく、	ヘリコプター	まで	持(も)っています。
總經理不僅有車，甚至連直升機都有。			

※「まで」表極端的狀態或程度，意思為「甚至連～」。

◎ 子供(こども)にまで馬鹿(ばか)にされます。
（甚至還被小孩欺負。）

動動手動動腦

1. 私（　　）スポーツが好きじゃありません。
   ① は　　② の　　③ が　　④ に

2. 一週間（　　）休みを取ってもいいですか。
   ① ばかり　　② に　　③ は　　④ さえ

3. 一生懸命勉強（　　）、いい大学に入れません。
   ① します　　② したり　　③ しなければ　　④ すれば

4. 彼女の苦労はこれ（　　）とは思いませんでした。
   ① を　　② ほど　　③ も　　④ だ

5. 本当に寒いですね。雪（　　）降ってきました。
   ① で　　② に　　③ まで　　④ から

6. 魚（　　）好きですが、肉（　　）好きじゃありません。
   ① は/が　　② は/は　　③ が/が　　④ は/も

7. さっき覚えた（　　）なのに、また忘れてしまいました。
   ① ばかり　　② ので　　③ さえ　　④ ほど

8. このスイッチを（　　）、電気がつきます。
   ① 入れれば　　② 入れば　　③ 入れた　　④ 入った

解答請見第193頁

重點預覽 

副助詞

キムさんは韓国人(かんこくじん)です。パクさんも韓国人(かんこくじん)です。
金先生是韓國人，朴小姐也是韓國人。
相同事物

コーヒーもジュースも用意(ようい)しました。
咖啡和果汁都準備了。
列舉類似事物

この店(みせ)の料理(りょうり)はどれもおいしいです。
這家店的料理什麼都好吃。
全部

雨(あめ)が一週間(いっしゅうかん)も降(ふ)り続(つづ)きました。
雨竟然下了一個星期。
強調程度

子供(こども)にもわかることです。
連小孩都知道的事。
極端例子

1・表並列

副助詞

❶ 表相同的事物

キムさんは韓国人(かんこくじん)です。		
金先生是韓國人。		

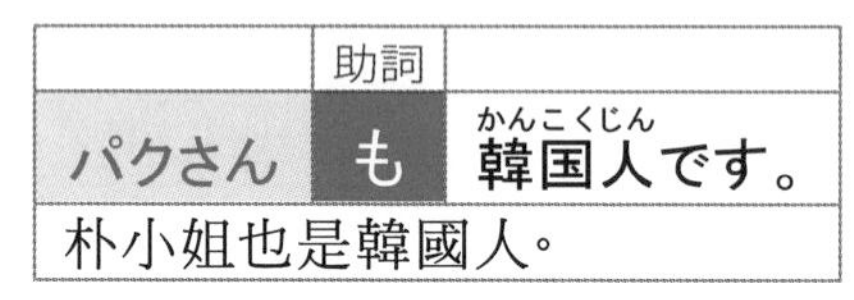

	助詞	
パクさん	も	韓国人(かんこくじん)です。
朴小姐也是韓國人。		

※「も」表相同的事物，意思為「也」。

◎ 田中(たなか)さんは日本語(にほんご)の先生(せんせい)です。私(わたし)も日本語(にほんご)の先生(せんせい)です。

（田中先生是日文老師，我也是日文老師。）

❷ 列舉類似的事物

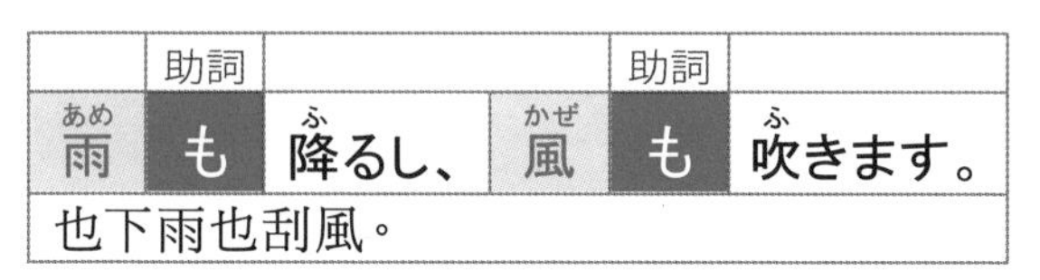

	助詞			助詞	
雨(あめ)	も	降(ふ)るし、	風(かぜ)	も	吹(ふ)きます。
也下雨也刮風。					

※「も」表類似的事物的並列或列舉，意思為「也～也～；又～又～」。

◎ コーヒーもジュースも用意(ようい)しました。

（咖啡和果汁都準備了。）

2・強調語氣

❶ 接疑問詞，表全部都

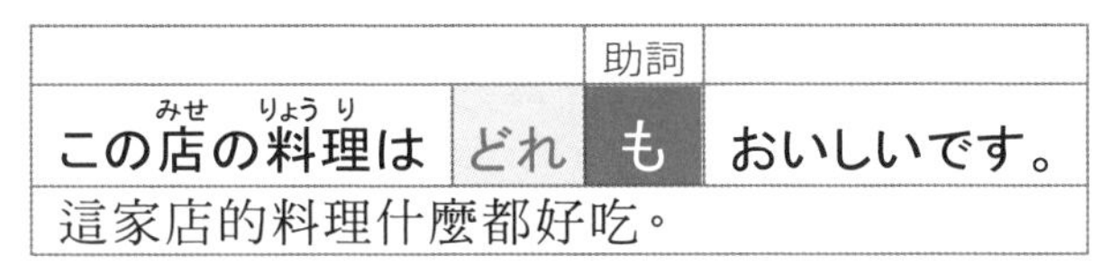

		助詞	
この店(みせ)の料理(りょうり)は	どれ	も	おいしいです。
這家店的料理什麼都好吃。			

※「疑問詞＋も」表全部。意思為「都；也；全部」。接否定時意思為「全都不～；全沒～」。

◎ きのうはどこへも行(い)きませんでした。
（昨天哪裡都沒去。）

❷ 接數量詞，強調程度

		助詞	
雨(あめ)が	一週間(いっしゅうかん)	も	降(ふ)り続(つづ)きました。
雨竟然下了一個星期。			

※「數量詞＋も」表強調語氣，用於超乎一般標準狀況時。意思為「甚至；竟～」。

◎ 彼女(かのじょ)は一分(いっぷん)も待(ま)ってくれない。
（她連一分鐘都不等。）

❸ 表極端例子

	助詞	
子供(こども)に	も	わかることです。
連小孩都知道的事。		

※「も」舉出極端的例子，表強調語氣。意思為「甚至連～；竟然連～」。

◎ 彼(かれ)はさようならも言(い)わないで、部屋(へや)を出(で)て行(い)きました。
（他甚至連再見都沒說就離開房間了。）

重點預覽 や

副助詞

コーヒーや紅茶(こうちゃ)などが好(す)きです
喜歡咖啡或紅茶之類的。

列舉

	助詞		助詞	
コーヒー	や	紅茶(こうちゃ)	など	が好(す)きです。
喜歡咖啡或紅茶之類的。				

※ 做此用法時，常與助詞「など」搭配，意思是「～或～等之類的」。

◎ 新聞(しんぶん)や雑誌(ざっし)で読(よ)んだことがあります。

（曾在報紙或雜誌讀過。）

説明 慣用句型

➡ … や（… や）… など　參見本書 p.83

格助詞

- **比較的依據**
  りんごよりなしのほうが好(す)きです。
  比起蘋果我比較喜歡梨子。

- **時間或動作起點**
  それは今(いま)よりずっと前(まえ)の話(はなし)です。
  那是距今很久以前的事了。

- **界線**
  ここより入(はい)ってはいけません。
  從這裡開始不准進入。

・表依據、起點

❶ 表比較的依據

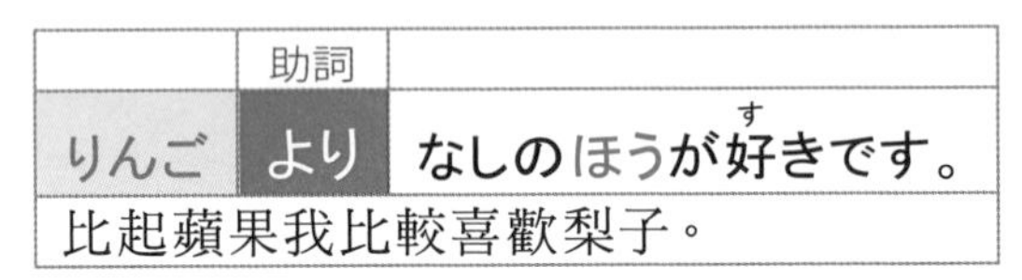

	助詞	
りんご	より	なしのほうが好(す)きです。
比起蘋果我比較喜歡梨子。		

※「より」表比較的依據或標準，意思為「比起～」。

◎ 彼(かれ)は私(わたし)より背(せ)が高(たか)いです。　（他比我長得高。）

說明 慣用句型

➡ A **より** Bのほうが…　（比起Ａ，Ｂ更…）

❷ 表時間或動作的起點

	助詞	
ただ今(いま)	より	結婚式(けっこんしき)を始(はじ)めます。
現在開始結婚典禮。		

※「より」表時間或動作的起點，意思為「從；由；自」。文語用法，口語多用「から」。

◎ それは今(いま)よりずっと前(まえ)の話(はなし)です。
（那是距今很久以前的事了。）

❸ 表界線

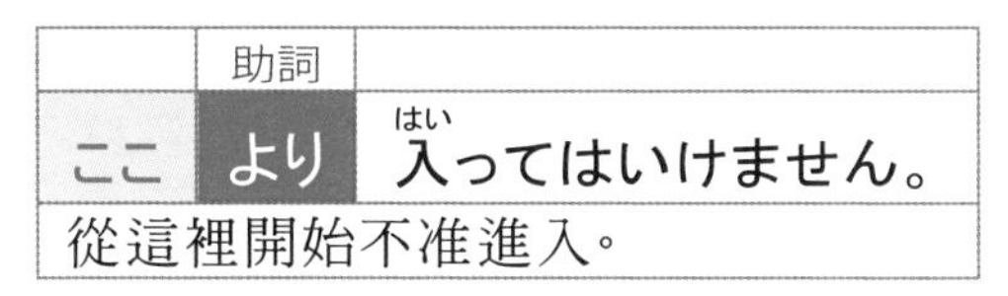

	助詞	
ここ	より	入(はい)ってはいけません。
從這裡開始不准進入。		

※「より」是表界線，意思為「從～開始」。

◎ この道(みち)より向(む)こうは埼玉県(さいたまけん)です。

（自這條道路開始對面就是埼玉縣了。）

重點預覽 を

を

格助詞

テレビを見(み)ます。
看電視。
動作對象
父(ちち)は弟(おとうと)にバイオリンを習(なら)わせます。
父親讓弟弟學小提琴。
使役句
学校(がっこう)の前(まえ)を通(とお)りました。
經過學校的前面。
經過的場所
大学前駅(だいがくまええき)で電車(でんしゃ)を降(お)ります。
在大學前車站下電車。
離開的場所

❶ 表他動詞的動作對象

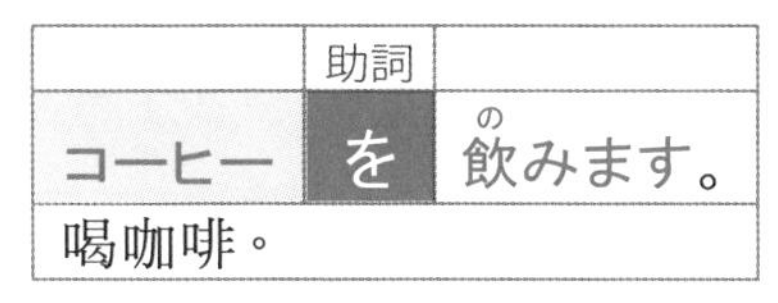

	助詞	
コーヒー	を	飲(の)みます。
喝咖啡。		

※「を」前面放的名詞為他動詞的動作對象。

◎ テレビを見(み)ます。　（看電視。）

說明 何謂他動詞？

他動詞為及物動詞，也就是此動詞會涉及某個對象。而此對象一般稱做「目的語」。如例句中的「コーヒー」、「テレビ」。

❷ 用於使役句中表直接作用的對象

此項用法建議參考本系列《口訣式日語動詞》p.119

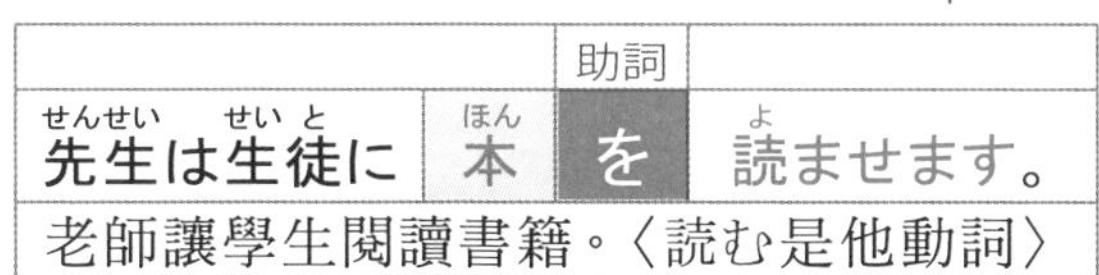

		助詞	
先生(せんせい)は生徒(せいと)に	本(ほん)	を	読(よ)ませます。
老師讓學生閱讀書籍。〈読む是他動詞〉			

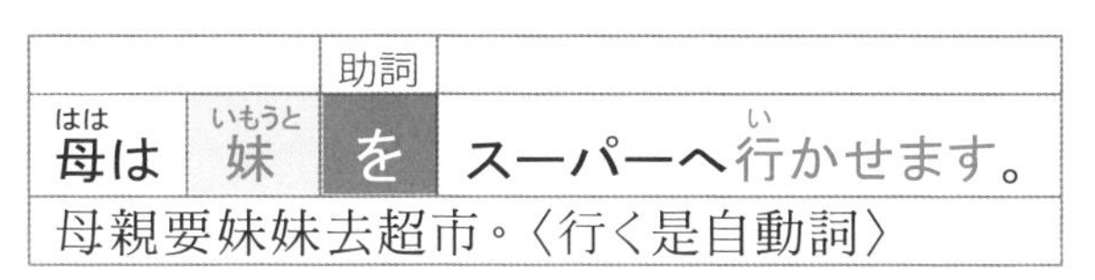

		助詞	
母(はは)は	妹(いもうと)	を	スーパーへ行(い)かせます。
母親要妹妹去超市。〈行く是自動詞〉			

※ 意思是「A 要 B 做某事」或「A 讓 B 做某事」。

◎ 父は弟にバイオリンを習わせます。〈他動詞〉

（父親讓弟弟學小提琴。）

◎ 部長は山田さんを外国に出張させます。〈自動詞〉

（經理讓山田先生到國外出差。）

說明 說明：何謂自動詞？

自動詞為主體自身會產生的動作，且不需有及物對象。如「起きる」（起來、起床）、「笑う」（笑）、「飛ぶ」（飛）等。

自、他動詞可參考本系列《口訣式日語動詞》p.164

格助詞

2・表場所

❶ 表經過或移動的場所

	助詞	
学校(がっこう)の前(まえ)	を	通(とお)りました。
經過學校的前面。		

※「を」前接的地點表經過或移動的場所。

◎ 生徒(せいと)たちは運動場(うんどうじょう)を走(はし)っています。
（學生們在操場上跑步。）

❷ 表出發或離開的場所

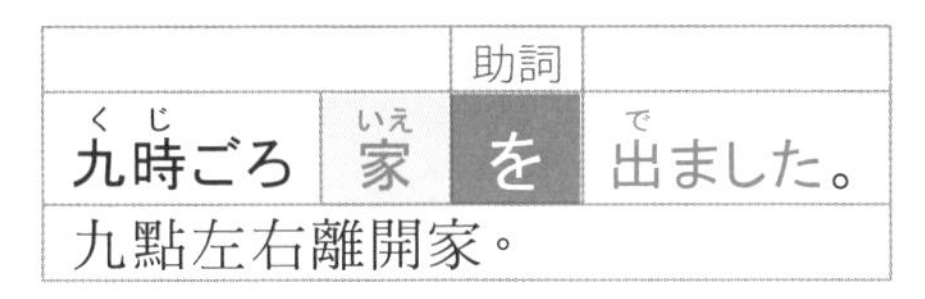

		助詞	
九時(くじ)ごろ	家(いえ)	を	出(で)ました。
九點左右離開家。			

※「を」前接的地點表出發或離開的場所。

◎ 大学前駅(だいがくまええき)で電車(でんしゃ)を降(お)ります。
（在大學前車站下電車。）

動動手動動腦

1. 四川料理（　　）タイ料理を食べたいです。

　① は　　② も　　③ や　　④ を

2. 小鳥が空（　　）飛んでいます。

　① で　　② に　　③ を　　④ より

3. 教室には誰（　　）いません。

　① より　　② も　　③ を　　④ の

4. 子供（　　）寝させます。

　① を　　② は　　③ も　　④ が

5. 委員会（　　）お知らせが来ました。

　① を　　② も　　③ で　　④ より

6. 私にはお金（　　）なければ、暇もありません。

　① が　　② の　　③ に　　④ も

7. 本州（　　）九州のほうが暑いです。

　① を　　② も　　③ より　　④ ほど

解答請見第193頁

第一回總測驗（共45題）

1. ほら、ここに書(か)いてあるではない（　　）。

① ね　　② か　　③ な　　④ が

2. 私(わたし)（　　）好(す)きな果物(くだもの)はすいかです。

① へ　　② も　　③ に　　④ が

3. あと一時間(いちじかん)（　　）で仕事(しごと)が終(お)わると思(おも)います。

① も　　② が　　③ に　　④ くらい

4. 昼(ひる)（　　）雨(あめ)が降(ふ)り続(つづ)きます。

① へ　　② は　　③ で　　④ から

5. ほめた（　　）、しかった（　　）、いろいろやってみましたが、だめでした。

① ら/ら　　② り/り　　③ て/て　　④ ×/×

6. 彼(かれ)の病気(びょうき)は少(すこ)し（　　）よくなってきました。

① に　　② で　　③ ずつ　　④ も

7. 小川(おがわ)さんは体(からだ)の調子(ちょうし)（　　）悪(わる)いです。

① か　　② で　　③ に　　④ が

8. パスポートはどこに置(お)いた（　　）、覚(おぼ)えていません。

① へ　　② で　　③ か　　④ も

9. あしたできる（　　）会議(かいぎ)に出席(しゅっせき)します。

① ずつ　　② だけ　　③ で　　④ が

10. 鉄（　　）ギアを作ります。

① で　② が　③ たり　④ は

11. 公園は子供（　　）いっぱいです。

① に　② を　③ で　④ の

12. 彼女と去年の春（　　）会いました。

① なら　② が　③ で　④ に

13. 部屋の色をもう少し（　　）いいと思います。

① 明るくて　② 明るくしたら

③ 明るかったら　④ 明るくし

14. 最近、試験（　　）忙しいです。

① で　② に　③ が　④ の

15. 政治家か（　　）あまり信じられませんよ。

① なに　② なか　③ ながら　④ なんて

16. どんな用事が（　　）、必ず出席します。

① あり　② あって　③ あったら　④ あっても

17. この本屋は英語の本（　　）日本語の本を売っています。

① も　② は　③ と　④ に

18. 高校生（　　）佐藤さんはよく勉強しています。

① の　② も　③ に　④ が

19. 図書館へ本を（　　）来ました。

① 借りで　② 借に　③ 借りてに　④ 借りに

20. 兄(あに)に(　　)相談(そうだん)しますか。

① では　② で　③ でも　④ と

21. この資料(しりょう)は今度(こんど)の会議(かいぎ)で発表(はっぴょう)する(　　)用意(ようい)しました。

① ので　② に　③ のが　④ のに

22. 彼女(かのじょ)は知(し)って(　　)、教(おし)えてくれません。

① いるか　② いながら　③ いるも　④ いない

23. 旅行(りょこう)のお土産(みやげ)(　　)和菓子(わがし)を買(か)って帰(かえ)ります。

① で　② へ　③ に　④ ながら

24. このデパートは駅(えき)から遠(とお)い(　　)、不便(ふべん)です。

① の　② で　③ ので　④ たら

25. 赤(あか)ん坊(ぼう)(　　)ミルクを飲(の)ませました。

① たら　② が　③ に　④ で

26. 山(やま)も(　　)、川(かわ)もあります。

① あった　② あれ　③ あったら　④ あれば

27. あした(　　)忙(いそが)しいです。

① を　② に　③ は　④ で

28. 先生(せんせい)が来(く)る(　　)待(ま)たなければなりません。

① を　② まで　③ が　④ までに

29. 私(わたし)たちは東(ひがし)(　　)向(む)かっています。

① で　② を　③ へ　④ の

30. 昨日の会議は二十人(　　)出席しました。

① から　② ほど　③ へ　④ を

31. 5階(　　)上はベランダとなっています。

① が　② まで　③ だけ　④ より

32. 肉(　　)食べてはいけません。野菜も食べなければなりません。

① は　② を　③ が　④ ばかり

33. 手紙(　　)書きました。

① を　② が　③ から　④ より

34. この電車は台北駅(　　)淡水まで走っています。

① から　② で　③ へ　④ が

35. 時間が早すぎたの(　　)、まだ誰も来ていない。

① を　② か　③ に　④ が

36. 何かいいことがありそうな気(　　)します。

① が　② は　③ で　④ へ

37. 今日(　　)忙しい日はなかった。

① なら　② くらい　③ も　④ が

38. サルは人間(　　)近いです。

① へ　② で　③ に　④ なら

39. 困るじゃない(　　)、そんなことをしたら。

① から　② か　③ など　④ ので

40. お巡(まわ)りさん(　　)道(みち)を教(おし)えてもらいました。

① に　② で　③ へ　④ ながら

41. 働(はたら)けば 働(はたら)く(　　)収入(しゅうにゅう)が増(ふ)えます。

① しか　② ほど　③ だけ　④ が

42. A：あなたは天気(てんき)がいい日(ひ)には何(なに)をしていますか。

B：そうですね。天気(てんき)のいい日(ひ)には家族(かぞく)とピクニックに(　　)して楽(たの)しんでいます。

① 行(い)ったり　② 行(い)かないで

③ 行(い)ったら　④ 行(い)っても

43. 火事(かじ)(　　)家(いえ)が焼(や)けました。

① で　② て　③ は　④ が

44. 頭(あたま)が痛(いた)い(　　)、熱(ねつ)もあるから、今日(きょう)は休(やす)みます。

① から　② が　③ て　④ し

45. 何度(なんど)も失敗(しっぱい)(　　)、まだこりません。

① しながら　② すれば　③ したり　④ しか

解答請見第144頁

第一回總測驗解答：

1. ②	2. ④	3. ④	4. ④	5. ②
6. ③	7. ④	8. ③	9. ②	10. ①
11. ③	12. ④	13. ②	14. ①	15. ④
16. ④	17. ③	18. ①	19. ④	20. ③
21. ④	22. ②	23. ③	24. ③	25. ③
26. ④	27. ③	28. ②	29. ③	30. ②
31. ④	32. ④	33. ①	34. ①	35. ②
36. ①	37. ②	38. ③	39. ②	40. ①
41. ②	42. ①	43. ①	44. ④	45. ①

※ 男性用語，使用對象是親近的朋友或晚輩。老年婦女也用。

■ 接疑問句後表強調的語氣

	助詞
今晚（こんばん）　映画（えいが）を見（み）に　行（い）かないか	い。
今晚不去看電影嗎？	

◎ 忙（いそが）しいな、また出張（しゅっちょう）かい。（很忙吧，又要出差了嗎？）

◎ それは何（なん）だい。（那是什麼？）

說明 慣用型

➡ ……か＋い。

【な形、名詞】句子的常體形（普通形）……~~だ~~＋か＋い

例：吉本（よしもと）だ。　☞ 吉本（よしもと）かい？

【動詞、い形】句子的常體形（普通形）……＋か＋い

例：あなたも行（い）く？　☞ あなたも行（い）くかい？

➡ ……だ＋い。

【な形、名詞】句子的常體形（普通形）……だ＋い

例：だれだ。　☞ だれだい？

【動詞、い形】句子的常體形（普通形）……＋のだ／んだ＋い

例：あなたも行（い）く？　☞ あなたも行（い）くんだい？
あなたも行（い）くのだい？

註 「～のだい」與「～んだい」相當於敬體「～んですか」的用法。

…かしら。 終助詞

表疑問的語氣

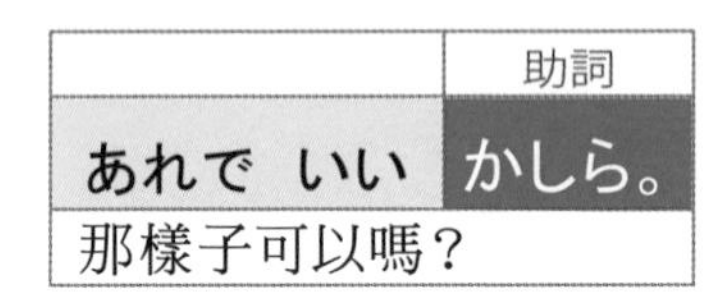

	助詞
あれで いい	かしら。
那樣子可以嗎？	

※ 女性用語，相當於「でしょうか」。使用對象是親近的朋友或晚輩。

◎ 本当（ほんとう）かしら。（是真的嗎？）

說明 慣用句型

➡【な形、名詞】句子的常體形（普通形）……~~だ~~＋かしら

例：大丈夫（だいじょうぶ）だ。 ☞ 大丈夫（だいじょうぶ）かしら？

➡【動詞、い形】句子的常體形（普通形）……＋かしら

例：これでいい？ ☞ これでいいかしら？

※ 以「たっけ」「だっけ」形式出現，屬於口頭用語。

❶ 表詢問、確認的語氣

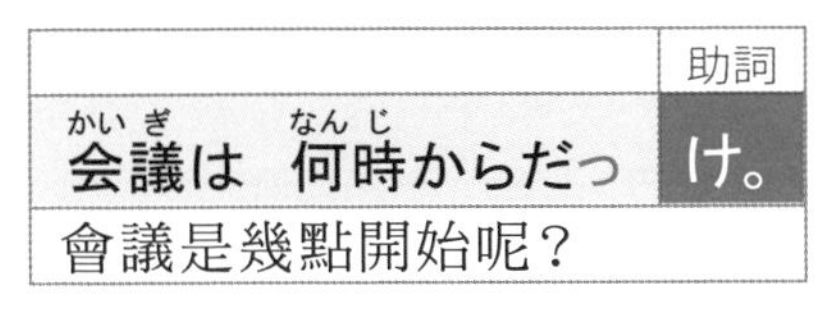

	助詞
会議（かいぎ）は　何時（なんじ）からだっ	け。
會議是幾點開始呢？	

※ 針對不清楚或忘記的事，做詢問、確認的語氣。

◎ あの人（ひと）は橋本（はしもと）さんでしたっけ。〈回憶〉
（那個人是橋本先生嗎？）

❷ 表懷念的語氣

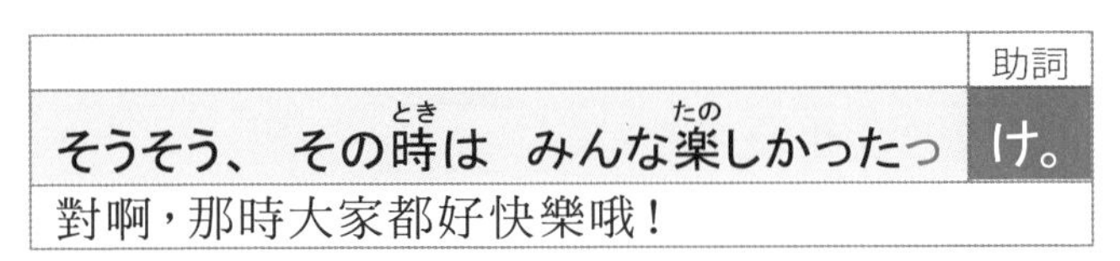

	助詞
そうそう、　その時（とき）は　みんな楽（たの）しかったたっ	け。
對啊，那時大家都好快樂哦！	

※ 回憶起過去的事，表達懷念的語氣。

◎ 子供（こども）のころは私（わたし）たちよくこの川（かわ）で泳（およ）いだっけ。〈回憶〉
（從前我們常在這條河川游泳啊。）

說明 慣用句型

➡【動詞、い形、な形、名詞】句子的過去式……たっ／だっ＋け

➡【名詞】句子的現在式常體形（普通形）……だっ＋け

❶ 表喚起對方注意或叮嚀的語氣

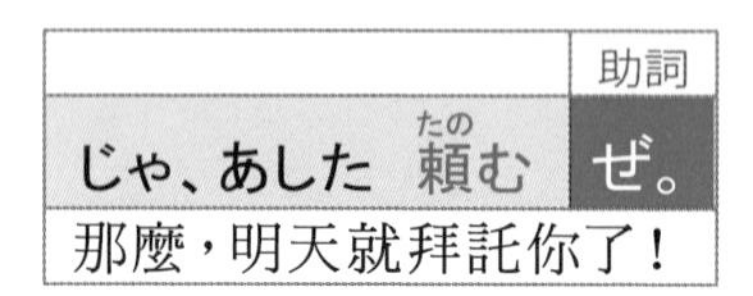

	助詞
じゃ、あした 頼(たの)む	ぜ。
那麼，明天就拜託你了！	

※「…ぜ」用於喚起對方注意或叮嚀時，類似「よ」。

◎ 早(はや)く出(で)かけようぜ。（早點出門哦！）

❷ 表輕蔑的語氣

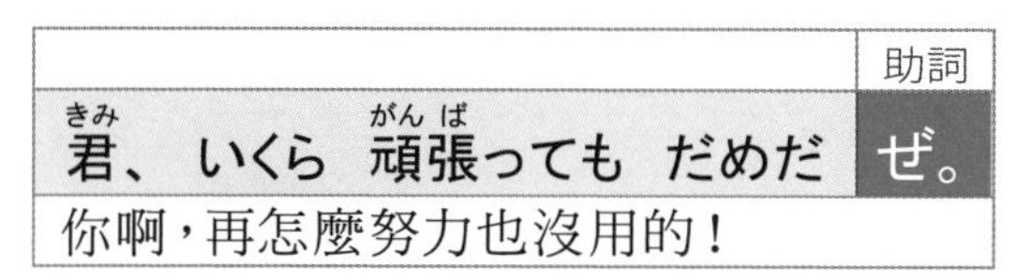

	助詞
君(きみ)、 いくら 頑張(がんば)っても だめだ	ぜ。
你啊，再怎麼努力也沒用的！	

※ 表輕蔑對方的語氣。

◎ そんな馬鹿(ばか)なことをやったら、笑(わら)われるぜ。
（做那樣愚蠢的事，可是會被笑的！）

❶ 表提醒對方注意的語氣

※ 「…ぞ」用於喚起對方注意，強調說話者的意圖。含有「指示、告誡」等語氣。

◎ もう出発（しゅっぱつ）の時間（じかん）だぞ。早（はや）く。

（已是出發時間了！快點！）

❷ 表判斷或決意的語氣

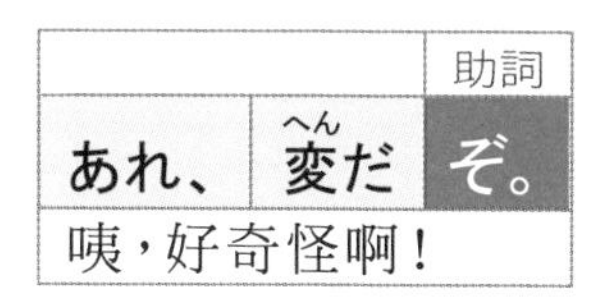

※ 「…ぞ」自言自語，表判斷或決意的語氣。

◎ よし、今度（こんど）こそ、負（ま）けないぞ。

（好！這回可不能輸啦。）

❶ 表禁止的語氣

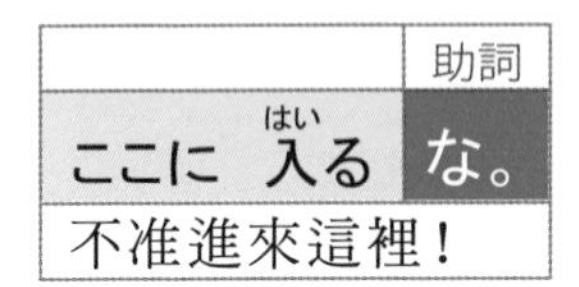

	助詞
ここに 入(はい)る	な。
不准進來這裡！	

※「動詞辭書形＋な」表禁止的語氣。意思為「不准；不許」。此為男性用語，女性則使用「…ないで」。

◎ 冷(つめ)たいものばかり飲(の)むな。
（不許一直喝冰的東西！）

❷ 表輕微命令的語氣

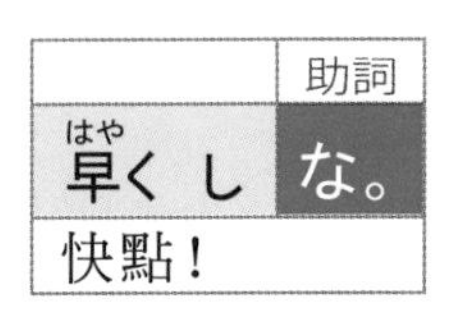

	助詞
早(はや)く し	な。
快點！	

※「動詞ます形＋な」，表輕微命令的語氣。此為男性用語，女性則使用「…て」或「…なさい」。

◎ 気(き)をつけな。（給我小心啊！）

❸ 表希望、願望的語氣

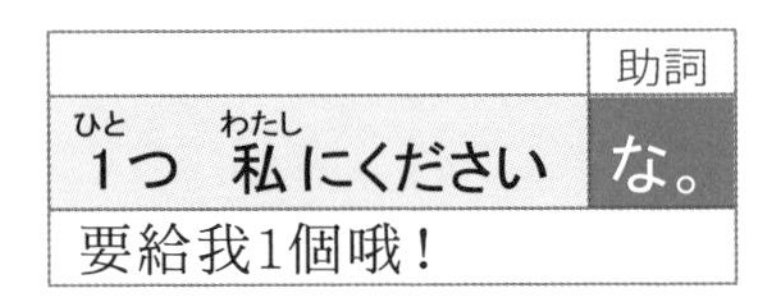

	助詞
1つ 私にください	な。
要給我1個哦！	

◎ 待っててくれるかな。（能等我一下嗎？）

❹ 表感嘆的語氣

	助詞
よく できた	な。
做的真好啊！	

※ 表感嘆、感動的語氣時，也經常用「なあ」。

◎ 本当に美しいな。
（真是太美了！）

❺ 表主張、叮嚀或判斷的語氣

	助詞
たぶん 間違えるだろう	な。
大概是搞錯了吧！	

〈表斷定〉

◎ 私はそう思わないな。〈表主張〉
（我可不那麼認為哦。）

◎ あした早く来いよ、いいな。〈表叮嚀〉
（明天早點來，知道嗎！）

❶ 表輕微的感嘆語氣

	助詞
よく　できました	ね。
做的真好啊！	

※「ね」表感嘆的語氣。可表「佩服、驚訝、失望」等心情。意思為「～啊」。

◎ 本当(ほんとう)にすごいですね。
（真的是了不起啊！）

❷ 表徵求對方同意或確認時

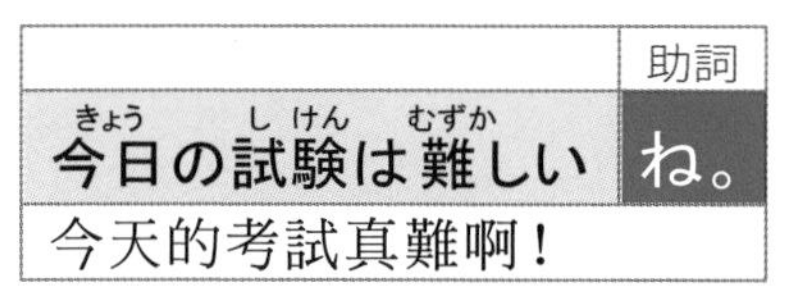

	助詞
今日(きょう)の試験(しけん)は難(むずか)しい	ね。
今天的考試真難啊！	

※「ね」表希望對方認同自己的看法、說法或與對方確認時的語氣。

◎ A:「この小説(しょうせつ)は面白(おもしろ)いですね。」〈徵求同意〉
（這本小說很有趣吧。）

B:「そうですね。」〈表同意〉
（是啊。）

◎ A:「すみません、林(はやし)さんですね。」〈確認〉
（請問你是林小姐對吧。）

B:「はい、そうです。」
（是的，沒錯。）

❸ 表主張或叮嚀的語氣

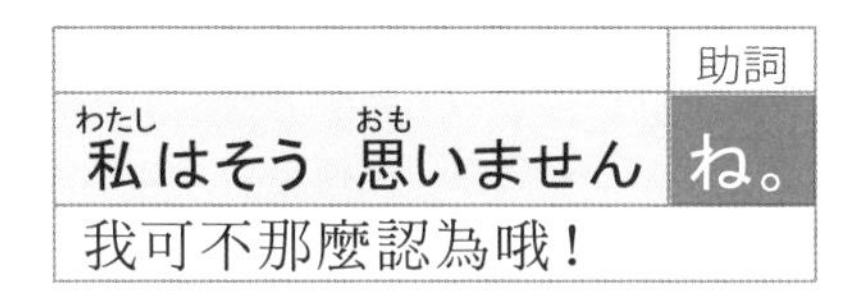

	助詞
私(わたし)はそう　思(おも)いません	ね。
我可不那麼認為哦！	

◎ 私(わたし)の家(うち)では遠慮(えんりょ)はいらないからね。
（在我家就不必客氣哦！）

❹ 表加強的語氣

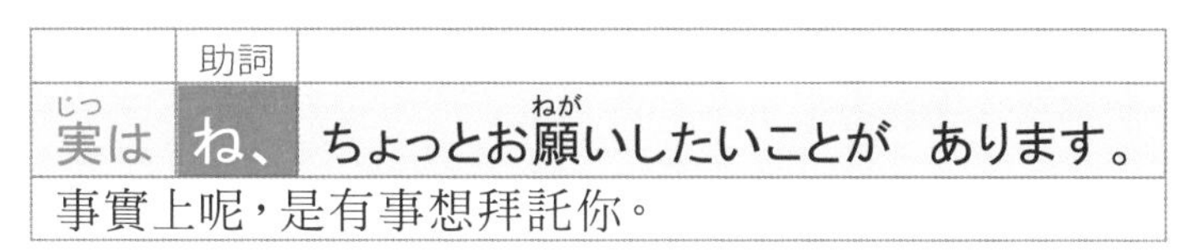

	助詞	
実(じつ)は	ね、	ちょっとお願(ねが)いしたいことが　あります。
事實上呢，是有事想拜託你。		

※「ね」置於句子中某些地方是用以表強調的語氣，使對方注意。

◎ あの人(ひと)はね、とても利口(りこう)なんですよ。
（那個人啊，可是很聰明伶俐的。）

❶ 表疑問的語氣

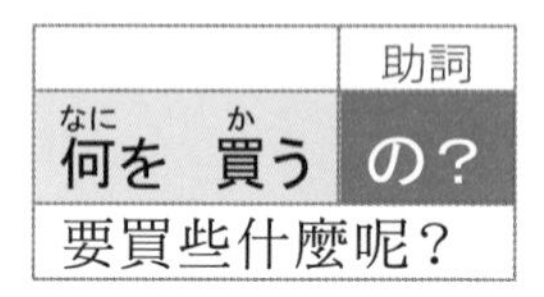

	助詞
何（なに）を 買（か）う	の？
要買些什麼呢？	

※「の」置於語尾，表疑問的語氣。語尾語調上揚（↗）。

◎ だれがそう言（い）ったの？（是誰那麼說的？）

❷ 表溫和斷定的語氣

	助詞
とても 料理（りょうり）が おいしいところな	の。
是個料理美味的地方。	

※「の」表溫和的斷定語氣，語意和用法與「のです」相同。

◎ 父（ちち）の仕事（しごと）は本当（ほんとう）にきついの。
（爸爸的工作真的很吃力。）

❸ 表希望、願望的語氣

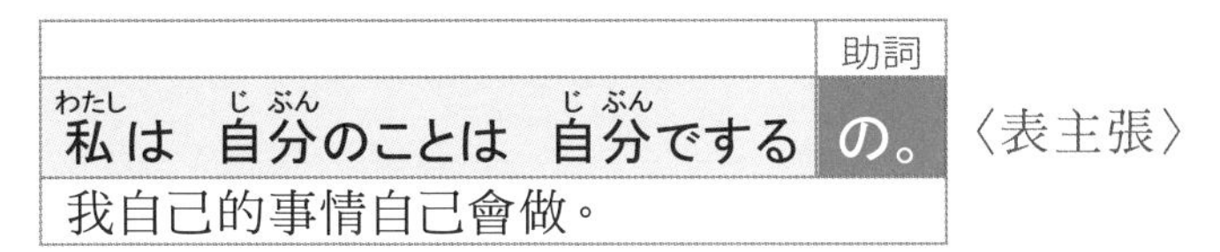

	助詞
私(わたし)は　自分(じぶん)のことは　自分(じぶん)でする	の。
我自己的事情自己會做。	

〈表主張〉

※「の」表規勸、叮嚀、輕微命令或主張等的語氣。語尾語調下降（↘）。

◎ 心配(しんぱい)しないで、今(いま)は勉強(べんきょう)だけでいいの。〈表輕微命令〉
（你不必擔心，現在只管讀書就好。）

❶ 表提醒、叮嚀、輕微命令或主張等的語氣

	助詞
早(はや)く　食(た)べなさい	よ。
快一點吃！	

〈表命令〉

◎ 今度(こんど)はあなたの番(ばん)ですよ。〈表叮嚀〉
（這回輪到你了。）

❷ 表懇求或勸誘的語氣

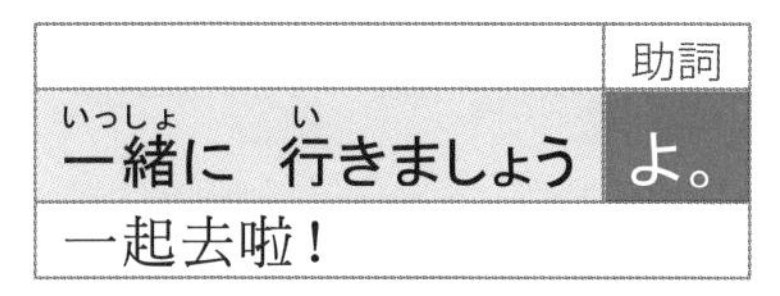

	助詞
一緒(いっしょ)に　行(い)きましょう	よ。
一起去啦！	

※ 「よ」接在動詞意向形或「～ましょう」後，表懇求或勸誘的語氣。意思為「啦；吧」。

◎ とにかく行(い)ってみようよ。
（總之去看看吧。）

說明 動詞意向形可參考本系列《口訣式日語動詞》p.88

※ 主要為女性用語。

❶ 表委婉的強調語氣

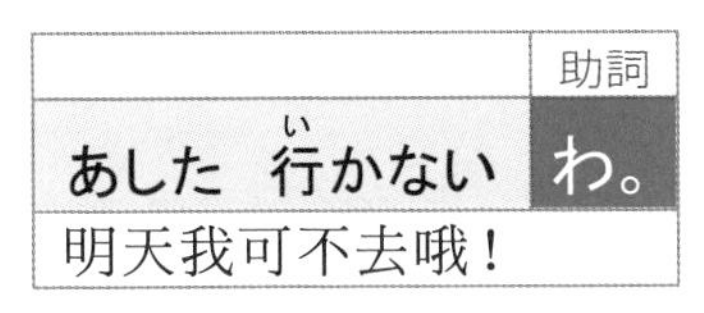

	助詞
あした　行(い)かない	わ。
明天我可不去哦！	

※ 「わ」用於喚起對方注意，強調說話者的意圖。含有「指示、告誡」等語氣。

◎ やはりこうした方(ほう)がいいと思(おも)うわ。
（我認為還是這樣做比較好。）

❷ 表感嘆或驚訝的語氣

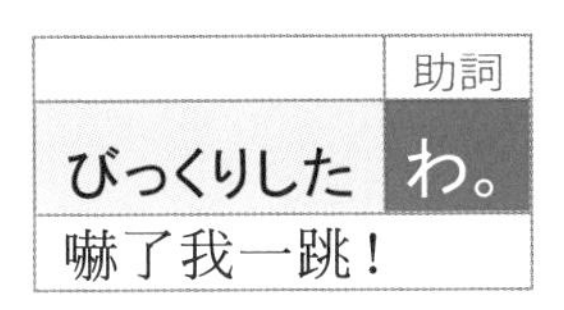

	助詞
びっくりした	わ。
嚇了我一跳！	

※ 「わ」自言自語，表判斷或決意的語氣。

◎ あ、桜(さくら)の花(はな)が本当(ほんとう)にきれいだわ。
（啊，櫻花真是漂亮啊！）

第二回總測驗 (共45題)

1. 誰(　　)いいですから、手伝ってください。

① でも　　② にも　　③ がも　　④ も

2. 思えば思う(　　)残念です。

① の　　② も　　③ ほど　　④ が

3. そのことをよく聞くと、びっくり(　　)ものが言えなかった。

① した　　② したら　　③ して　　④ しないで

4. 一文無し(　　)旅行にたちました。

① に　　② は　　③ で　　④ が

5. つまらない物です(　　)、お受け取りください。

① も　　② から　　③ は　　④ けど

6. えっ、来年イギリスへ留学に行くんです(　　)。

① な　　② よ　　③ か　　④ の

7. 簡単に否決される(　　)なら、提案しなければよかった。

① は　　② くらい　　③ に　　④ が

8. 古いもの(　　)捨てましょう。

① が　　② か　　③ に　　④ から

9. 今(　　)なっては、本当に仕方がありません。

① と　　② たら　　③ で　　④ が

10. 彼(かれ)は今(いま)病気(びょうき)な(　　)です。

① で　② も　③ の　④ に

11. 銀行(ぎんこう)へ(　　)、もう閉(し)まっていました。

① 行(い)ったの　② 行(い)ってきた

③ 行(い)ってみたら　④ 行(い)って

12. (　　)見(み)ないふりをします。

① 見(み)ては　② 見(み)たら　③ 見(み)ないで　④ 見(み)る

13. 一人(ひとり)(　　)5枚(ごまい)ずつ配(くば)ります。

① で　② へ　③ に　④ ながら

14. 田村(たむら)さんは歩(ある)くの(　　)速(はや)いです。

① で　② に　③ が　④ は

15. 飛行機(ひこうき)は東京(とうきょう)(　　)出発(しゅっぱつ)しました。

① か　② が　③ に　④ を

16. 窓(まど)(　　)光(ひかり)が差(さ)し込(こ)んできます。

① へ　② が　③ から　④ も

17. 春(はる)になる(　　)暖(あたた)かくなります。

① たり　② は　③ と　④ に

18. 気分(きぶん)が悪(わる)いので、吐(は)き気(け)(　　)します。

① の　② で　③ に　④ が

19. いいです(　　)、きれいに書(か)いてくださいよ。

① が　② な　③ か　④ よ

20. これはおもしろい小説(しょうせつ)です（　　）、あなたは読(よ)みませんか。

① と　② が　③ も　④ か

21. アルバイトを（　　）勉強(べんきょう)しました。

① して　② します　③ しない　④ するて

22. そうか、やっぱり本当(ほんとう)だったの（　　）。

① か　② よ　③ ね　④ で

23. 体(からだ)が丈夫(じょうぶ)（　　）、何(なん)でもできます。

① だら　② たら　③ だったら　④ ながら

24. 鈴木(すずき)さんは来週(らいしゅう)来(こ)ない（　　）言(い)いました。

① の　② と　③ に　④ が

25. そう簡単(かんたん)に（　　）断言(だんげん)できません。

① へ　② は　③ の　④ で

26. 山田(やまだ)さんは車(くるま)（　　）2台(にだい)あります。

① が　② で　③ に　④ を

27. 向(む)こう（　　）着(つ)いたら、電話(でんわ)します。

① に　② を　③ が　④ も

28. 公園(こうえん)のベンチ（　　）座(すわ)ります。

① を　② で　③ が　④ に

29. このパン1つ(ひとつ)500円(ごひゃくえん)（　　）します。

① も　② を　③ が　④ の

30. おじいさんは山登り(　　)大好きです。

①か　　②が　　③へ　　④で

31. 天気予報では今晩雨になる(　　)言っていました。

①が　　②と　　③か　　④の

32. 金髪(　　)サングラスの若い女性がいました。

①は　　②も　　③で　　④に

33. 私はマイホーム(　　)ほしいです。

①に　　②が　　③か　　④で

34. 私は音楽やダンス(　　)興味がありません。

①を　　②なに　　③なんか　　④ながら

35. よく練習しました(　　)、上手になりました。

①も　　②か　　③から　　④が

36. 花瓶はそのテーブル(　　)上に置いてください。

①を　　②の　　③で　　④へ

37. 一生懸命勉強しました(　　)、合格しませんでした。

①から　　②ので　　③か　　④が

38. きのう小川さん(　　)手紙を出しました。

①へ　　②で　　③に　　④を

39. この資料は会社(　　)です。

①で　　②たら　　③へ　　④の

40. 一流大学に入れる(　　)、夢にも思いませんでした。

① に　② か　③ なに　④ なんて

41. ぜひそうお願いしたいのです(　　)。

① か　② ね　③ が　④ な

42. 忙しくて新聞を読む時間(　　)ありません。

① へも　② なら　③ か　④ も

43. はい、鈴木です(　　)、何かご用ですか。

① か　② ね　③ で　④ が

44. 電車が走っている(　　)見えます。

① のを　② ので　③ のが　④ を

45. 駅の近く(　　)新しいスーパーができました。

① で　② が　③ に　④ は

解答請見第163頁

第二回總測驗解答：

1. ①	2. ③	3. ③	4. ③	5. ④
6. ③	7. ②	8. ④	9. ①	10. ③
11. ③	12. ①	13. ③	14. ③	15. ④
16. ③	17. ③	18. ④	19. ③	20. ②
21. ①	22. ①	23. ③	24. ②	25. ②
26. ①	27. ①	28. ④	29. ①	30. ②
31. ②	32. ④	33. ②	34. ③	35. ③
36. ②	37. ④	38. ③	39. ④	40. ④
41. ③	42. ④	43. ④	44. ③	45. ③

比較篇

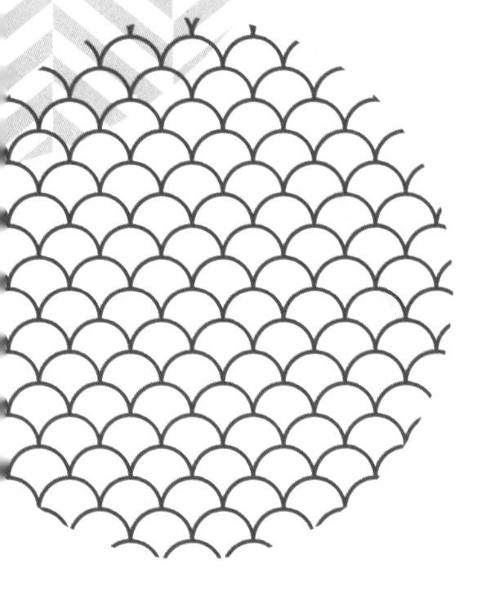

此為本書重點單元，
旨在幫助學習者區分助詞用法。

比較一：說明或判斷句

雪(ゆき)は白(しろ)い。（雪是白的。）

レモンはすっぱいです。（檸檬是酸的。）

☛說話者對非眼前所見現象的敘述，一般用於事實的陳述、推斷或真理的敘述等。

比較二：含疑問詞時→ は＋疑問詞

A：駅(えき)はどこですか。（車站在哪裡？）

B：駅(えき)はあそこです。（車站在那裡。）

☛「は」前面出現的是已知的訊息。

比較三：「は」提示全文的主詞

象(ぞう)は鼻(はな)が長(なが)いです。（大象鼻子是長的。）

☛「象」是全句的主要主詞，助詞「は」用以提示主詞。

比較四：「は」提示全文的主詞

これは母(はは)が作(つく)った料理(りょうり)です。（這是媽媽做的料理。）

息子(むすこ)が選(えら)んだのはこの会社(かいしゃ)の商品(しょうひん)です。
（我兒子選擇的是這家公司的商品。）

☛ 第一句的「これ」和第二句的「息子が選んだの」為全文的主詞。

比較一：現象句

ああ、雪(ゆき)が白(しろ)い。（哇，雪好白。）

雨(あめ)が降(ふ)っています。（下著雨。）

☛說話者對眼前所見現象的敘述。

比較二：含疑問詞時→ 疑問詞＋が

A: 誰(だれ)が行(い)きますか。（是誰要去呢？）

B: 私(わたし)が行(い)きます。（是我要去。）

☛「が」前面出現的是未知的訊息。

比較三：「が」表狀態的主詞

象(ぞう)は鼻(はな)が長(なが)いです。（大象鼻子是長的。）

☛「鼻が長いです」中「長い」是說明「鼻」的狀態，也就是「鼻」是「長い」的主詞，助詞用「が」。

比較四：「が」表名詞修飾句的主詞

これは母(はは)が作(つく)った料理(りょうり)です。（這是媽媽做的料理。）

息子(むすこ)が選(えら)んだのはこの会社(かいしゃ)の商品(しょうひん)です。
（我兒子選擇的是這家公司的商品。）

☛「母」和「息子」皆為名詞修飾句的主詞，其助詞用「が」。

場所に

比較：表存在的場所

駅（えき）にいます。（在車站。）

東京（とうきょう）に住（す）んでいます。（住在東京。）

☛「に」前接的地點為表靜態的存在場所，並無動作產生。

小訣竅

關鍵字就是中文判斷，根據宜蓉老師的觀察可以從中文觀察「に」和「で」的用法。

中文：在某地 ➡ に

中文：動詞＋在某地 ➡ に

部屋（へや）にいます。
（在房間。）

いすに座（すわ）ります。
（坐在椅子上。）

比較：表動作發生的場所

駅で切符を買います。（在車站買車票。）

東京で暮らしています。（在東京生活。）

☛「で」前接的地點為表動態的動作發生場所，含動作產生。

中文：在某地＋動詞 ➡ で

壁に掛けます。
（掛在牆上。）

部屋でテレビを見ます。
（在房間看電視。）

動動手動動腦

請選出合適的助詞填入下列空格──

は or が?

1. 山田【やまだ】さん(　　)背【せ】(　　)高【たか】いです。

　(山田先生長得高。)

2. あ、空【そら】(　　)曇【くも】っていますよ。

　(啊，天空陰陰的。)

3. 私【わたし】(　　)母【はは】(　　)くれた指輪【ゆびわ】をなくしました。

　(我弄丟了媽媽給的戒指。)

4. どれ(　　)橋本【はしもと】さんの荷物【にもつ】ですか。

　(哪一個是橋本小姐的行李呢？)

に or で?

1. 日曜日は家（　　）ゆっくり休みます。

（星期天要在家好好休息。）

2. 日曜日は家（　　）いて、どこも行きたくない。

（星期天要待在家哪裡也不去。）

3. 電車（　　）かばんを忘れました。

（把包包忘在電車上。）

4. 子供が公園（　　）遊んでいます。

（小孩在公園裡玩耍。）

解答請見第193頁

比較一：表到達點

駅に着きました。（到達車站。）

空港に到着しました。（到達機場。）

☛「に」前接的地點為表移動動作的到達點。

比較二：後接含方向性的移動動詞

大阪に行きます。（去大阪。）

木に登ります。（爬樹。）

☛此時「に」和「へ」混淆使用，除慣用句外幾乎可以互換，但是表到達的「着く、到着する」就只能用「に」。

注意

含方向性的移動動詞有：
行く、来る、帰る、戻る、登る、下る、進む……等。

駅に着きました。
（到達車站了。）

比較一：表進行方向

駅へ行きます。（去車站。）

空へ飛んで行きました。（朝天空飛去了。）

☛「へ」前接的地點為表移動動作的進行方向。

比較二：後接含方向性的移動動詞

大阪へ行きます。（去大阪。）

木へ登ります。（爬樹。）

☛此時「に」和「へ」混淆使用，除慣用句外幾乎可以互換。

注意

含方向性的移動動詞有：
行く、来る、帰る、戻る、登る、下る、進む……等。

駅へ行きます。
（去車站。）

比較：表雙方動作

私(わたし)は彼(かれ)と協力(きょうりょく)します。（我和他共同努力。）

☛「と」表由主語和某對象共同進行活動。

彼女(かのじょ)と結婚(けっこん)します。
（我要和她結婚。）

比較：表單方動作

私は彼に協力します。（我將協助他。）

☛「に」表由主語對某對象單方面進行活動。

彼に勝ちました。
（我贏了他。）

比較：表自動詞主語

電気(でんき)がついています。（燈亮著。）

☛自動詞：請參考本書p.136，或本系列《口訣式日語動詞》p.164。

ロボットが動(うご)いています。
（機器人在動。）

比較：表他動詞目的語

電気(でんき)を消(け)しました。（關掉電燈。）

☛他動詞：請參考本書p.135，或本系列《口訣式日語動詞》p.164。

ロボットを修理(しゅうり)します。
（修理機器人。）

動動手動動腦

請選出合適的助詞填入下列空格——

に or へ?

1. この電車は名古屋（　　）行きます。
（這班電車開往名古屋。）

2. 飛行機は午後３時半に空港（　　）到着する予定です。
（飛機預定下午3點半抵達機場。）

3. 今朝、祖母はスーパー（　　）野菜を買い（　　）行きました。
（今天早上奶奶去了超市買蔬菜。）

4. 昨日日本（　　）着きました。
（昨天到達日本。）

が or を?

1. 子供(こども)(　　)抱(だ)いています。

（抱著小孩。）

2. 子供(こども)(　　)泣(な)きました。

（孩子哭了。）

3. 部屋(へや)の電気(でんき)(　　)急(きゅう)に消(き)えました。

（房間的電燈突然熄了。）

4. 電気(でんき)(　　)消(け)してもいいですか？

（可以關掉電燈嗎?）

解答請見第193頁

比較：表進入的場所

大学（だいがく）に入（はい）ります。（上大學。）

教室（きょうしつ）に入（はい）ります。（進教室。）

東京（とうきょう）に到着（とうちゃく）します。（抵達東京。）

席（せき）に座（すわ）ります。（坐到位子上。）

☛「に」表進入或接觸的場所。

バスに乗（の）ります。
（坐上公車。）

比較：表離開的場所

大学（だいがく）を卒業（そつぎょう）します。（從大學畢業。）

教室（きょうしつ）を出（で）ます。（出教室。）

東京（とうきょう）を出発（しゅっぱつ）します。（從東京出發。）

席（せき）を外（はず）します。（離開座位。）

☛「を」表離開或出發的場所。

バスを降（お）ります。
（下公車。）

比較：表動作的場所

公園（こうえん）で遊（あそ）びます。（在公園玩。）

☛「で」表動作活動的場所，含比較模糊的範圍敘述。

橋（はし）の上（うえ）で踊（おど）ります。
（在橋上跳舞。）

比較：表移動或經過的場所

公園（こうえん）を散歩（さんぽ）しました。（在公園散步。）

☛「を」表移動或經過的場所，含有移動軌跡的印象。

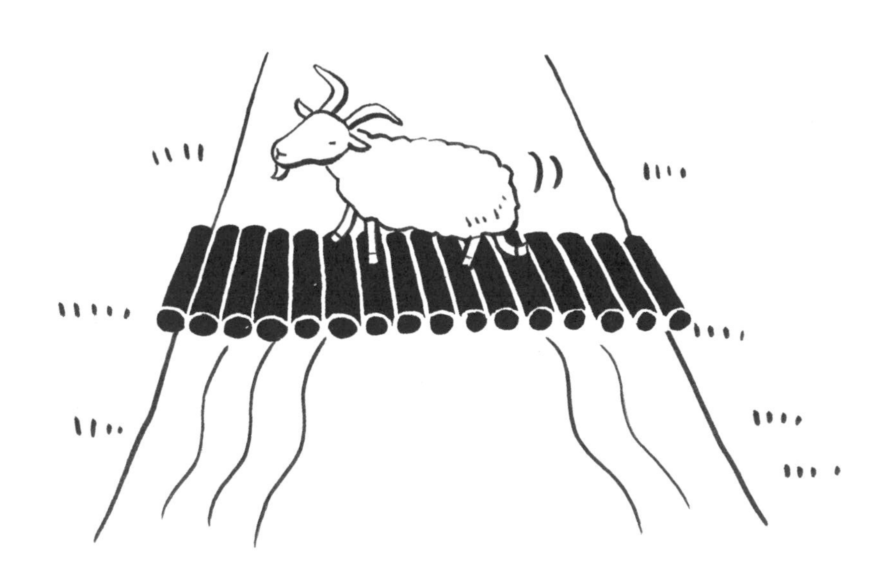

橋（はし）を渡（わた）ります。

（過橋。）

比較：表材料、原料

木（き）で机（つくえ）を作（つく）ります。（用木頭製作桌子。）

☛「で」表材料、原料時，一般用於從成品外觀看得出材料或原料的物品。

毛糸（けいと）でセーターを編（あ）みます。
（用毛線織毛衣。）

比較：表材料、原料

木から紙を作ります。（用木頭造紙。）

☛「から」表材料、原料時，一般用於從成品外觀看不出材料或原料的物品。

大豆から豆腐を作ります。
（用黃豆做豆腐。）

比較：表主觀的因果關係

もう遅（おそ）いから、タクシーで行（い）きましょう。

（因為已經晚了，就搭計程車去吧。）

天気（てんき）がいいから、散歩（さんぽ）しましょう。

（因為天氣好，我們去散步吧。）

☛「から」前後的事項非存在必然因果關係，多是說話者較主觀的說法。

注意

「から」多用於前後的事項非存在必然的因果關係，屬說話者較主觀的說法，因為此後面多接意志、主張、命令、禁止、勸誘、希望、推測等的語句。

から → 行動

比較：表客觀的因果關係

交通事故(こうつうじこ)が起(お)きた**ので**、電車(でんしゃ)が遅(おく)れました。

（因為出了車禍，所以電車誤點了。）

日曜日(にちようび)な**ので**、学校(がっこう)は休(やす)みです。

（因為是星期天，所以學校不上課。）

☛「ので」前後的事項存在必然因果關係，屬說話者客觀的說法。

注意

「ので」多用於敘述前後的事項存在必然的因果關係，屬說話者客觀的說法，多用於表示自然現象、社會現象、心理現象等的因果關係。

ので → 結果

比較：表動作、狀態持續的終點

5時(ごじ)まで待(ま)ってください。（請等到5點。）

☛「まで」表示某動作或狀態持續到某個時間，後接的動詞為持續性動詞。

注意

持續性的動詞有：

読(よ)む、勉強(べんきょう)する、働(はたら)く、待(ま)つ……等。

試験(しけん)は午後(ごご)3時(さんじ)まで続(つづ)きました。
（考試一直持續到下午3點。）

比較：表期限

5時（ごじ）までに出（だ）してください。（請在5點前交出。）

☛「までに」表示在某個時間前完成某動作，後接的動詞為瞬間性動詞。

注意

瞬間性的動詞有：
結婚（けっこん）する、出（だ）す、死（し）ぬ、出発（しゅっぱつ）する……等。

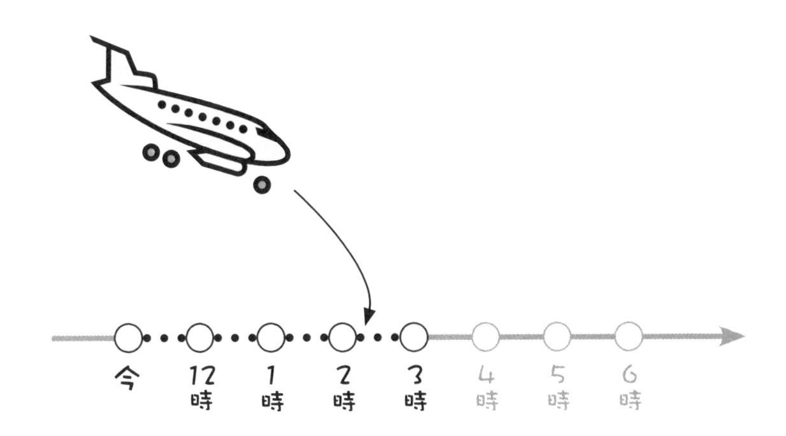

飛行機（ひこうき）は午後（ごご）3時（さんじ）までに着（つ）きます。
（飛機將在下午3點前抵達。）

動動手動動腦

請選出合適的助詞填入下列空格——

から or ので?

1. この部屋（へや）は南（みなみ）むきな(　　)日当（ひあ）たりがいいです。

(這間房間坐北朝南,所以採光很好。)

2. テレビの音（おと）がうるさいです(　　)、小（ちい）さいしてください。

(電視聲音很吵,請轉小聲一點。)

3. 最近（さいきん）、暑（あつ）いです(　　)、髪（かみ）を切（き）りたいです。

(最近天氣很熱,所以想剪頭髮。)

4. 台風（たいふう）が来（き）た(　　)、強（つよ）い風（かぜ）が吹（ふ）いています。

(因為颱風來襲,颳起強風。)

まで or までに？

1. 月末（　　）部屋代や電気代などを払ってください。

（請在月底前繳房租和電費。）

2. 銀行は午後 3 時（　　）開いています。

（銀行開到下午3點。）

3. 夜10時（　　）帰ります。

（晚上10點前回去。）

4. 朝 8 時（　　）寝ました。

（睡到早上8點。）

解答請見第193頁

動動手動動腦解答：

p.22

1.　②	2.　②	3.　③	4.　①	5.　①
6.　②	7.　③	8.　①		

p.34

1.　①	2.　④	3.　①	4.　②	5.　③
6.　①	7.　④	8.　①		

p.44

1.　①	2.　③	3.　④	4.　②	5.　②

p.60

1.　③	2.　①	3.　①	4.　②	5.　②
6.　②	7.　③			

p.76

1.　④	2.　②	3.　③	4.　①	5.　③
6.　④	7.　③	8.　②		

p.95

1.　②	2.　④	3.　④	4.　①	5.　③
6.　③	7.　①	8.　②		

p.106

1.　②	2.　④	3.　②	4.　②	5.　③
6.　②	7.　①	8.　①		

p.124

1.　①	2.　①	3.　③	4.　②	5.　③
6.　②	7.　①	8.　①		

p.138

1.　③	2.　③	3.　②	4.　①	5.　④
6.　④	7.　③			

p.170

1.　は・が	2.　が	3.　は・が	4.　が

p.171

1.　で	2.　に	3.　に	4.　で

p.178

1.　へ／に	2.　に	3.　へ・に	4.　に

p.179

1.　を	2.　が	3.　が	4.　を

p.190

1.　ので	2.　から	3.　から	4.　ので

p.191

1.　までに	2.　まで	3.　までに	4.　まで

口訣式日語動詞

李宜蓉／編著

解開日語初學者對
日語動詞變化學習的疑惑！

動詞變化總是搞不清楚怎麼辦？
五段、一段、カ變、サ變動詞是什麼？
與第Ⅰ類、第Ⅱ類、第Ⅲ類動詞有何不同？
是否有更簡單明瞭、有效的學習方式？

答案都在《口訣式日語動詞》裡！

國家圖書館出版品預行編目資料

圖表式日語助詞／李宜蓉編著.－－修訂二版二刷.－
－臺北市：三民，2024
面；　公分.－－（獨學日本語系列）

ISBN 978-957-14-6955-3（平裝）
1. 日語 2. 助詞

803.167　　109014660

独学日本語 系列

圖表式日語助詞

編著者｜李宜蓉
審閱者｜芦原賢
內頁繪圖｜許珮淨

創辦人｜劉振強
發行人｜劉仲傑
出版者｜三民書局股份有限公司（成立於 1953 年）

三民網路書店
https://www.sanmin.com.tw

地址｜臺北市復興北路 386 號（復北門市）(02)2500-6600
臺北市重慶南路一段 61 號（重南門市）(02)2361-7511

出版日期｜初版一刷 2010 年 2 月
修訂二版一刷 2023 年 5 月
修訂二版二刷 2024 年 6 月
書籍編號｜S808990
ISBN｜978-957-14-6955-3